KB253771

세계를 알려면 워싱턴을 읽어라

세계를 알려면 워싱턴을 읽어라

세계를 알려면 워싱턴을 읽어라

21세기북스

두 개의 지도: 서문을 대신하여

조선일보의 워싱턴 D. C. 지국 사무실과 버지니아 주 매클레인의 타운하우스에는 각각 두 개의 지도가 걸려 있었다. 너비 2미터에 가까운 세계지도와 미국 지도였다. 워싱턴에 부임할 때는 당연히 미국 지도를 자주 볼 것으로 예상했다. 그러나 오히려 그 반대였다. 미국 대통령 선거 당시 각 주로 출장 갈 때를 제외하고는 세계지도를 보면서 기사를 쓸 때가 훨씬 많았다.

조지 W. 부시 전 대통령의 임기 말년에는 이라크에서의 철군 논의를 계기로 중동 지역을 자주 들여다봤다. 버락 오바마 대통령이 취임해 아프가니스탄 정책을 강조하면서부터는 습관처럼 서남아시아 지역을 봐야 했다. 북한의 장거리 미사일이 어디쯤 떨어질지를 예측하기 위해 일본 열도와 하와이 사이의 태평양을 짚어가며 기사를 썼다.

워싱턴 특파원이 미국 지도보다 세계지도를 자주 보는 현상은 미국의 정치·경제·사회가 전 세계와 불가분의 관계를 맺고 있음을 증명한다.

　미국의 오피니언 리더를 만날 때 미국 국내 문제보다는 국제 문제로 대화를 나눌 때가 많았다. 세계지도 앞에 서면 지금 한국에서 중요하게 다루는 문제는 사실 사소해 보일 때가 많다고 생각했다.

　한국은 여전히 세계화와는 거리가 멀다는 것을 느끼곤 했다. 한국인이 관련된 버지니아공대 사건이나 건강과 관련된 신종 플루 같은 문제가 아니면 관심을 끌기 쉽지 않은 것이 현실이다.

　정치 지도자들이 국제적이고 보편적 의제보다 소모적인 국내 문제에 매달리는 바람에 한국인들의 인식은 좁은 대한민국 지도 안에만 머물러 있다. 그 결과로 세계적 관점에서 볼 때 이해하기 어려운 현상이 일어나는 것이다.

　개방 수준이 비슷한 한·EU FTA 등은 그대로 둔 채 유독 한미 FTA만 폐기하자는 주장을 공공연히 외치는 정치 지도자들이 있다. 한국에서는 미국산 쇠고기가 한우보다 위험하다는 논리가 여전히 기승을 부린다. 전 세계가 북한 인권 문제에 대한 유엔 결의안을 찬성할 때 정부 차원에서 기권을 주장했던 세력은 탈북자 북송 문제를 모른 척한다. 자국 대통령을 예사롭게 비하하는 이들이 정작 세계가 혐오하는 북한 체제에 대해선 침묵하고 있다.

　국토 면적이 아니라 군사력과 국내총생산 같은 각종 통계를 기준으로 만든 지도책 『리얼 아틀라스 리얼 월드』에는 총 366개의 신개념 지도가 실려 있다. 이 책에는 면적으로는 세계지도에서 손톱만 한 크기의 한국이 자동차 수출, 특허 출원, 과학 논문 수의 증가 면에서는 미국과 맞먹을 정도의 크기로 형상화돼 있다. 컴퓨터 수출을 비롯한 일부 측면에서는 오히려 미국을 능가하는 크기로 표현된다.

이런 성취를 이룩한 한국은 이젠 좁은 대한민국 지도에 갇혀 있을 것이 아니라 세계지도에 투영되는 자신의 모습을 생각해봐야 한다. 산업 발전과 경제력을 기준으로 한 새로운 세계지도에서 차지하는 비중만큼, 사고(思考)도 세계화될 필요가 있다. 세계에서 통용되는 보편성과 국제 감각이 없이는 더 이상의 발전을 기대하기 어렵다는 것을 깨달을 때가 됐다.

워싱턴에서의 특파원 생활은 바로 세계지도를 보며 살아가야 하는 한국인의 운명을 절감하게 한 시기였다. 4년 가까이 근무한 워싱턴을 떠나 귀국하는 비행기에서였다. 미국의 중서부 상공을 지날 무렵 한 미국인이 다가왔다. "조선일보의 이하원 특파원 아니냐"라고 영어로 물어왔다. 내가 놀라면서 "그렇다"라고 했더니 자신을 조선일보의 애독자라고 소개했다. 생면부지의 미국인 이름은 크리스 파크스(Chris Parks).

네덜란드계 회사에 근무하는 이 사람은 조선닷컴의 영어 사이트 애독자였다. 그와 함께 비행기에 탄 한국인 친구가 나를 알아보고 인사를 권했다고 한다. 파크스 씨는 내가 쓴 특파원 칼럼「미국은 부업(副業) 특사부터 바꿔라」의 내용을 구체적으로 언급해가며 "기사 잘 보고 있다"라고 격려했다.

우연한 일이었지만, 그를 통해 한국 특파원이 쓴 기사도 열심히 읽는 미국인이 있다는 사실을 알게 됐다. 한국도 작은 나라가 아니라는 사실, 세계가 이젠 공간적 거리를 넘어서 실시간으로 함께 움직이고 있다는 것을 느꼈다. 서울과의 14시간 시차 때문에 매일 새벽 4~5시까지 밤을 새워가며 기사 쓴 것에 대한 작은 보람을 느낀 순간이기도 했다.

매일 긴장을 늦출 수 없었던 특파원 생활에서 젊은 흑인 대통령의 등장과 대공황에 버금가는 미국의 경제 위기는 미국 사회를 새롭게 보는 두 개의 중요한 키워드였다. 한 선배는 "자신의 출입처에 이런 역사적인 일들이 겹쳐서 벌어질 확률이 얼마인지 아느냐"라고 몇 차례나 말하곤 했다. 그만큼 현장 취재를 하고 미국인 취재원을 만나 고민하면서 기사 쓸 일이 많았기에 미국 사회와 세계를 조금 더 깊이 들여다볼 기회를 가졌다고 생각한다.

특파원 근무 기간에 이 두 개의 키워드에서 펼쳐지는 일을 씨줄과 날줄로 엮어서 내가 이해한 미국과 세계를 독자들에게 소개하려고 노력했다. 이를 통해서 미국인들이 바라보는 한국, 여전히 선진국의 규범과 기준에 못 미치는 한국의 실상을 지적해보려고 했다. 이런 기사들이 때로는 반향을 일으키고, 이해 당사자로부터는 항의성 이메일을 받기도 했다.

이 책은 이런 노력의 연장선상에서 기획됐다. 미국을 '미국놈'도, '미국분'도 아니라 '미국인'으로 대하고, 우리 사회가 국제사회에서 한 단계 더 성숙하는 데 도움이 되기를 바라면서 이 책을 썼다. 워싱턴 특파원으로 활동하면서 보도한 기사와 20여 권의 수첩과 메모가 큰 도움이 됐다.

미국의 세기가 지나가고 있다는 평가도 있지만, 단기간 내에 미국의 영향력이 급속히 줄어드는 일은 없을 것이다. 여전히 미국을 정확히 아는 것이 세계를 이해하는 데 도움이 될 것이라고 생각한다. 이 책이 지식의 토론장에서 세계 질서와 미국 사회, 한미 관계와 미북 관계를 이해하는 참고서로 활용된다면 더 바랄 나위가 없다.

이 책은 조선일보 선후배들의 배려와 도움으로 출간될 수 있었다. 방상훈 조선일보 사장님과 워싱턴 특파원 시절의 김창기, 홍준호 전 조선일보 편집국장, 양상훈 현 편집국장께 깊은 감사를 드린다.

이 책으로 인해 받을 수 있는 작은 기쁨이 있다면, 하나님께 온전히 드리고 싶다. 사랑하는 아내 최유미와 아들 지민에게도 감사한다.

2012년 3월
이하원

2 K 스트리트의 씽크탱크에서

Part I

무엇이 미국을
움직이는가

1

버지니아 주 매클레인의 킹즈 매너에서

❝

버지니아 주 매클레인의 킹즈 매너 타운하우스에 살면서 매일 워싱턴의 사무실로 출퇴근하며 특파원 생활을 했다. 한국의 기사 마감 시간에 맞추기 위해 매일 새벽 4~5시까지, 타운하우스 이층 방에 여명이 비쳐 들 때까지 기사를 써서 태평양 너머로 보냈다.

❞

{ 애국심이 낮설지 않은 사회 }

미군 무료입장하는 골프 대회

해마다 미국 메릴랜드 주의 컹그레셔널 골프장에서 열리는 AT&T 는 PGA 투어 중에서 주목받는 메이저급 대회다. 이 대회는 2007년 최경주 선수와 2008년 재미 교포 앤서니 김 선수가 잇달아 2년 연속 우승 트로피를 거머쥐면서 한국 국민들한테 큰 관심을 받았다.

2007년 워싱턴 특파원으로 부임한 나는 2008년 앤서니 김 선수가 이 대회에서 우승할 때 생각지도 못한 감동을 받고 왔다.

이 대회는 골프 팬뿐만 아니라 유명 운동선수와 우리 정부, 기업체를 비롯한 사회 전체가 관심을 가질 만한 시사점이 있었다.

이 대회는 상금 600만 달러가 걸린 PGA 투어 중 하나지만 미군과 그 가족들에 대한 예우에 초점이 맞춰져 있었다.

대회의 주최자인 타이거 우즈가 이 대회의 인터넷 사이트 홈페이지에 띄운 인사말은 현역 · 예비역 미군들에게 감사하는 마음을 담은 것이었다. "여러분들의 군 복무를 찬양하면서, 여러분들의 희생에 대해 진심 어린 감사와 지지 의사를 표명합니다. 우리 미국 인들이 자유를 향유할 수 있는 것은 바로 여러분들의 용기와 용맹 때문입니다."

PGA 협회와 타이거 우즈 재단은 미국의 통신 회사인 AT&T 의 지원을 받아 미군의 사기를 고양하고 애국심을 북돋우기 위해 서 이 대회를 기획했다. 매년 이 대회가 미국의 독립기념일인 7월 4일을 전후해서 개최되는 것도 이 때문이다.

경기가 열릴 때마다 미 국방부를 통해 일인당 최대 30달러짜리 입장권 3만여 장이 무료로 배포된다. 기자가 경기를 관람했을 때도 골프장 여기저기서 군복을 입은 미국인들을 쉽게 볼 수 있었다.

경기가 진행되는 골프장의 4번 홀 옆에는 군인 가족을 위한 특 별 텐트를 설치, 햇볕을 피하고 음식을 무료로 먹을 수 있도록 했 다. 해외에 근무하는 병사들을 위해 선물 꾸러미를 포장해서 전달 할 수 있는 미군위문협회의 텐트도 만들어졌다.

정복 차림의 군인들은 골프장 곳곳에서 경기의 진행을 도왔 다. 1번 홀에서 미군의 절도 있는 구령에 맞춰 프로 선수들이 티샷 을 하는 모습은 인상적이었다. 참전 용사 모자를 쓴 노병들이 손자 들과 함께 유명 선수들의 경기를 지켜보는 광경도 볼 수 있었다.

2007년에는 미군 부모를 둔 어린이들이 개회식에서 프로 골퍼 프레드 커플즈와 함께 1번 홀에서 티샷을 했다. 2008년에는 미군 101공수사단 병사들이 티샷을 할 골프공을 전달하고, 최근에 부상 당한 미군들이 우즈와 함께 티샷을 했다. 우즈가 군인을 존중하고 추모하는 이 행사를 개최하는 데는 예비역 육군 중령인 아버지 얼 우즈의 영향이 컸을 것이다.

프로 골프 대회와 자칫 어울릴 것 같지 않은 미군 예우 행사가 자연스럽게 어우러질 수 있는 것은 미국 사회 전체에 흐르는 전통 때문이다.

국가를 위해 희생한 이들을 예우해야 한다는 생각은 미국 사회에서 이념과 남녀노소를 초월하여 합의돼 있다. 한국과는 달리 제복을 입고 국가를 위해 봉사하는 이들에 대한 존중은 유별나다. 야구장이나 농구장, 심지어 음악회에서도 군인, 경찰, 소방대원을 일으켜 세워 박수를 받게 하는 장면은 자연스럽게 연출된다. 우즈와 PGA, 미 국방부와 AT&T는 힘을 합쳐 미국의 멋진 전통을 이어가고 있는 것이다.

이제는 우리 사회도 운동 경기나 문화 행사에서 국가를 위해 봉사한 이들에 대해 경의를 표하고 예우하는 분위기를 만들 때가 됐다. 해마다 AT&T 골프 대회가 한국에 중계될 때, 이 대회의 유래를 한 번쯤 되새기는 것도 의미가 있을 것 같다.

'뉴잉글랜드 애국자들'

미국에서 돌아온 후 아쉬운 점 중의 하나는 미국에서 즐겨봤던 미식축구를 보지 못한다는 것이다. 2002년 미국 매사추세츠 주의 하버드대 케네디 행정대학원 석사과정에 입학하면서 미식축구를 좋아하게 됐다. 자연스럽게 이 지역을 대표하는 미식축구팀 뉴잉글랜드 페이트리어츠의 팬이 됐다. 우리말로는 '뉴잉글랜드 애국자들'로 번역된다. 페이트리어츠는 미국의 NFL에서 가장 인기 있는 팀 중의 하나로, NFL의 팀당 경기가 16경기로 늘어난 후 2007년 처음으로 전승을 거둔 강팀이다.

지난 10년간 세 차례 우승한 뉴잉글랜드 페이트리어츠는 항상 우승 후보로 꼽힌다. 미 전역에 많은 팬을 확보한 이 팀이 '애국자'라는 명칭을 사용하는 것에 대해 거부감을 느끼는 미국인은 없었다. 특파원으로 일하는 동안 페이트리어츠라는 말을 당당하고 자랑스럽게 사용하는 미국인들을 많이 만났다.

버지니아 주 북부에 위치한 조지 메이슨대의 체육관 이름도 '페이트리어트 센터'다. 1만 석을 갖춘 이곳은 대학 경기 외에도 각종 외부 행사가 자주 개최된다. 이 학교는 대학 소속 운동 경기팀의 애칭도 메이슨 페이트리어츠를 사용한다. 육군사관학교가 아닌데도 '애국자 체육관', '메이슨의 애국자들'이라는 용어가 자연스럽게 쓰인다.

미국에서 생활하면서 '애국'이나 '국가'가 공식 석상에서 자주 언급되는 것을 체험했다.

야구장, 미식축구장, 농구장, 아이스하키장, 콘서트장에서 공식 행사가 시작되기 전에는 어김없이 이날 초대된 참전 용사들이 소개된다. 이라크, 아프가니스탄의 전장에서 돌아온 군인들은 국가를 지키고 애국하고 왔다는 이유로 박수를 받고 있다.

매사추세츠 주는 지금도 '애국자의 날(페이트리어츠 데이)'을 기념일로 지키고 있다. 1775년 렉싱턴과 콩코드에서의 독립전쟁 당시 영국군과 싸우다 죽은 이들의 희생을 기리기 위해 제정된 것이 현재까지 이어지고 있다. 또한 명중률이 높은 미군의 지대공 미사일의 이름은 '페이트리어트'다. 나는 미국의 수도 워싱턴을 거닐 때마다 미국의 이런 분위기를 부러워했다.

워싱턴 시내의 내셔널 몰에는 늘 인파가 넘쳐난다. 링컨 기념관, 베트남전쟁 기념관, 한국전쟁 기념관, 제2차 세계대전 기념관 주변을 가족, 친구, 연인과 거닐며 사진을 찍는 이들이 많다. 한국전쟁 기념관에서는 미 공원관리청의 안내원이 절도 있는 모습으로 한국에서 숨진 미군 애국자들에 대해 설명한다.

미국에 20년 넘게 거주하고 있는 변호사 함윤석 씨는 이렇게 설명한다. "미국은 사회 곳곳에 애국심을 강조하는 시스템이 잘돼 있다. 자신의 나라를 사랑하고 애국하는 사람들이 수없이 많은 것이 미국을 발전시키는 원동력이다."

워싱턴을 다녀간 김문수 경기도지사는 미국의 이런 모습을 부러워했다. 버지니아 주의 한 호텔에서 만났을 때 그는 한국에서 강연할 때마다 애국심과 국가를 강조했다가 "그렇게 하다가는 인기가 다 떨어진다"라며 소재를 바꾸라는 조언을 여러 차례 받았다고 말했다. "이 특파원, 한국은 국가와 애국심을 거론하면 촌스럽게 느끼는 분위기가 돼버렸어요"라며 안타까워했다.

한국 사회에서 과도하게 애국심을 강조했던 박정희, 전두환 정권이 사라진 지 오래다. 시인 황지우가 1983년에 낸 시집 『새들도 세상을 뜨는구나』에서 묘사한 것처럼 극장에서 영화를 보기 전에 기립해서 애국가를 불러야 하는 시대는 이미 지나갔다. 이제는 권위주의 시대의 반작용으로 공무원들마저도 애국과 국가를 언급하는 것을 멋쩍게 생각하고 있다. 이와 비교되는 것이 미국 사회다.

대형 수정헌법 새긴 뉴지엄

북서(NW) 펜실베이니아 애버뉴 555번지.

워싱턴의 새로운 명물로 떠오른 세계 최대의 언론 박물관 뉴지엄의 위치는 매우 상징적이다. 백악관과 의회 의사당을 직선으로 연결하는 워싱턴의 중심 도로 펜실베이니아 애버뉴의 한복판에 자리 잡았다. 백악관과 의회 의사당 어느 쪽으로도 자동차로 채 5분이 걸리지 않는 곳이다.

미국의 44대 대통령인 버락 오바마는 2009년 1월 20일 취임식을 위해 펜실베이니아 애버뉴에서 퍼레이드를 할 때 뉴지엄 앞을 지나갔다. 이때 뉴지엄의 전면에 23미터의 거대한 대리석에 새겨진 미국의 수정헌법 1조를 보면서 지나갔다.

뉴지엄의 길 건너편에서도 읽을 수 있도록 초대형 알파벳으로 새겨진 수정헌법 1조는 미국의 언론 자유를 거론할 때 성경처럼 인용되는 조항이다. 미국의 연방 상·하원 의원 535명도 이 거리를 지나칠 때마다 시선을 다른 곳으로 돌리기는 쉽지 않다.

행정부와 의회라는 두 정치권력 사이에 자리를 잡은 뉴지엄엔 언론의 자유를 무엇보다 소중히 여기는 미국 사회의 분위기가 고스란히 녹아 있다.

　민간단체인 프리덤 포럼이 운영하는 뉴지엄은 예전엔 포토맥 강 건너편의 버지니아 주 알링턴에 있었다. 1997년 개관한 후 매년 45만 명을 끌어 모을 정도로 관심을 모으자 워싱턴으로의 이전이 논의되었다. 그 결과 선택된 장소가 현재의 위치다.

　워싱턴 내의 여러 유명 박물관을 제치고 뉴지엄이 학생들의 필수 수학여행 코스가 된 것도 특이한 현상이다.

　원래 이곳은 워싱턴 시 당국의 부속 건물이 있던 곳이다. 시 당

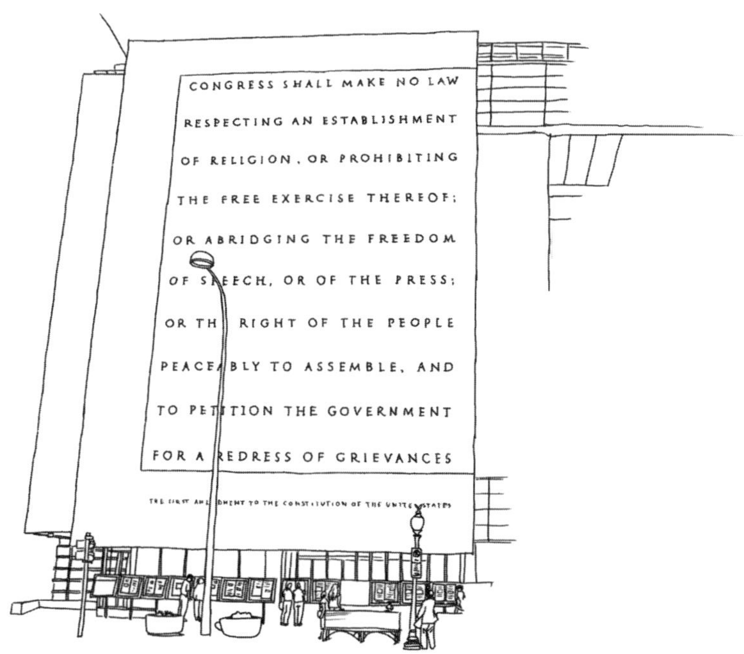

국의 땅과 건물을 매각하는 데 대한 논란도 일부 있었지만 언론의 중요성을 좀 더 효과적으로 알리려는 뉴지엄의 이전 취지에 대해 공감대가 형성됐다. 2000년 7월 당시 워싱턴의 앤서니 윌리엄스 시장이 결단력 있게 뉴지엄 이전을 제안한 뒤, 불과 5개월 만에 매각 결정이 내려졌다.

언론 자유의 신장과 국민 교육을 위한 뉴지엄의 취지가 알려지면서 각종 단체와 기업들이 선뜻 기부금을 내놓았다. 언론 유관 단체인 나이트 재단과 애넌버그 재단은 각각 2500만 달러, 1500만 달러를 내놓았다. 또 인터넷 서비스 업체인 컴캐스트, 케이블 TV 회사인 콕스도 800만 달러, 600만 달러를 내놓았다. 미국의 주요 언론사인 뉴욕 타임스, ABC, NBC 등도 힘을 보탰다. 뉴지엄의 전체 건축 비용 4억 5000만 달러의 상당액은 기부금으로 충당된 것이다.

그 결과 모든 절차가 한국에 비해 신중하고 느린 미국에서는 비교적 빠른 시간인 5년 만에 건축과 재개관이 완료됐다. 언론 역사관, 순직 언론인 추모 공간, 퓰리처상 수상 사진 전시실, 방송 스튜디오가 최신 시설로 만들어졌다. 취재를 위해 뉴지엄을 찾았을 때 수학여행을 온 학생들은 별로 지루한 기색 없이 시설을 관람하고 있었다. 기자 앵커 체험 공간에서 활짝 웃는 모습도 보였다. 미국의 학생들은 이런 과정을 통해서 언론의 보도 과정을 이해하게 된다.

워싱턴에서 뉴지엄의 성공적인 재개관은 미국 사회 전반에 언론에 비교적 우호적인 환경이 조성돼 있음을 시사하는 것이다. 그렇지 않다면 워싱턴 한복판에 민간단체의 주도로 이 같은 시설이 들어서는 것은 사실상 불가능했을 것이다.

그동안 정치권력과의 불화 때문에, 때로는 언론 스스로의 문제 때문에 언론이 발전하기에 좋은 환경을 갖지 못했던 시기를 지켜봤던 내가 부러운 눈길로 뉴지엄을 바라봤던 이유다.

전사자에 대한 예우

미국의 저력을 보려면 반드시 한번 가봐야 할 곳이 알링턴 국립묘지다. 워싱턴 D. C.의 건너편에 자리한 이곳을 지나칠 때마다 숱한 이견들에도 불구하고 미국이 왜 여전히 강대국으로 존재하는지 진짜 이유를 알게 된다.

2007년 알링턴 국립묘지에서 기자가 관찰한 장례식은 인상적이었다. 정확히 오후 3시가 되자 국립묘지에서 의장대원 일곱 명이 '받들어 총!' 하는 구호에 맞춰 하늘을 향해 총을 세웠다. 이와 동시에 묘지로부터 30미터 떨어진 곳에 정차해 있던 운구차에서 성조기에 덮인 관이 모습을 드러냈다. 운구를 맡은 의장대원 여섯 명은 발을 맞춰가며 두 개의 대형 화환을 배경으로 푸른색 카펫이 깔린 묘역에 관을 안치했다. 국립묘지 측에서 준비한 최고급 리무진을 타고 장례식에 도착한 타이 중사의 가족과 버지니아 주에 사는 한국전 참전 용사 십여 명이 그 뒤를 따랐다.

스무 살 나이에 6·25 전쟁에서 숨진 잭 타이 미 육군 중사는

58년 만에 이렇게 조국에 돌아왔다.

　세 발의 조포가 울려 퍼진 후 장례식장 후미에 부동자세로 서 있던 의장대원이 트럼펫으로 추모곡을 연주했다. 이어 관을 지키고 있던 의장대원들이 절도 있는 동작으로 관을 싼 성조기를 접기 시작했다. 길이 2미터의 대형 성조기가 밑변 50센티미터의 삼각형으로 접히자 의장대원 한 명이 이를 3초 동안 가슴에 소중하게 품었다. 지휘관이 한쪽 무릎을 꿇은 채 이 성조기를 타이 중사의 동생 톰 타이에게 전달하면서 장례식이 끝났다.

　타이 중사는 20세에 평안북도 압록강 인근에 있던 중공군의 포로수용소에서 병사했다. 고등학교에 다니다가 18세의 나이로 미 육군에 입대한 그는 1950년 한국에 파병됐다. 그가 속한 부대는 제2사단 38보병연대. 인천 상륙 작전 성공 후 북진하던 미군의 최전방에 있다가 1950년 11월 평안북도 청천강 전투에서 중공군에게 포로가 됐다. 가족들은 타이 중사가 중공군의 포로가 되기 전에 뛰어난 활약으로 두 개의 훈장을 받아서 일찍 중사로 진급할 수 있었다고 말했다.

　미국은 2002년 북한 당국과의 미군 유해 발굴 작업을 통해 중공군의 포로수용소가 있던 압록강 주변에서 타이 중사를 포함한 대규모의 미군 유해를 발굴했다. 하와이에 있던 전쟁포로 및 실종자 확인 합동사령부(JPAC)의 미군 유해 감식소는 4년 동안의 노력 끝에 타이 중사의 유해를 확인했고, 지난 3월 타이 중사의 가족들에게 이 사실을 통보했다.

　장례식이 끝나고 타이 중사의 가족들을 만났다. 타이 중사가

한국전에서 '실종된' 뒤 태어나 형의 사진을 보고 자란 동생 톰은
"형의 유해를 찾기 위해 노력해준 우리 정부가 무한히 자랑스럽
다"라고 말했다. 그는 "형과 같은 이들의 희생을 통해 한국의 자유
가 지켜졌고 한국이 발전할 수 있었다는 것을 알아줬으면 좋겠다"
라고 말했다. 그의 발언을 한국의 젊은 세대가 들었으면 좋겠다고
생각했다.

　2010년에도 다시 한 번 미군의 장례식을 취재할 기회가 있었

다. 60년 만에 유해로 귀환한 로버트 랑웰 해군 소위는 추모곡이 울려 퍼지는 가운데 여섯 마리의 백마가 이끄는 탄약 마차를 타고 도착했다. 서른 명 남짓한 의장대원과 유족, 양국 정부의 관계자들이 뒤를 따랐다. 랑웰 소위는 1950년 동해에서 그가 탄 함정이 북한의 기뢰 공격으로 폭발하면서 실종됐었다. 2008년 그의 유해가 한국군에 의해 발굴되고 미군이 신원을 확인한 끝에 영원한 안식처를 얻었다.

여섯 명의 의장대원은 성조기가 덮인 랑웰 소위의 관을 발맞춰가며 운구했다. 푸른색 카펫이 깔린 묘역에 관이 놓이자 대각선 방향에 서 있던 일곱 명의 의장대원이 세 발의 조포를 발사했다. 미군 군목이 그를 추모하는 기도를 이끌었다. 이어 관을 사이에 두고 서로 마주 보던 의장대원들이 2미터의 성조기를 가슴께까지 치켜들었다. 절도 있는 손동작으로 접히기 시작한 성조기는 순식간에 밑변 50센티미터의 삼각형이 됐다. 이를 미군 장교가 조문객의 맨 앞줄에 앉아 있던 랑웰 소위의 육촌 누이 카렌 스파라우어에게 전달하면서 안장식은 끝났다. 장례식이지만 아름답게 느껴지는 광경이었다. 숱한 군 장례식에 참석했을 것이 분명한 한국군의 영관급 장교는 "말로만 듣던 알링턴 국립묘지 안장식이 이렇게 감동적일 줄 몰랐다"라고 했다.

다음 날 역시 알링턴 국립묘지에서 1919년 제1차 세계대전 당시 프랑스에서 사망한 미 60보병연대 소속 토마스 코스텔로 일병의 안장식이 열렸다. 프랑스의 사냥꾼이 숲 속에서 발견한 유해를 전달받은 미군은 치아 감식 등을 통해 인적 사항을 확인하고, 가족을 수소문해 찾았다. 전사한 후 91년 만의 안장식은 워싱턴 포스트가 크게 다뤘다.

6·25 전쟁 참전 용사의 알링턴 국립묘지 안장식은 구체적인 취재 제한이 있다. 취재진은 안장식 현장으로부터 30미터 떨어진 곳까지만 갈 수 있다. 디귿 자 형태의 노란색 줄로 차단된 곳에서 행사를 관찰하고, 사진을 찍어야 한다. 장례의 엄숙성을 유지하기 위한 조치였다. 미군이 취재진의 활동 반경을 제한해가면서 유지하려고 한 경건과 숙연함은 안장식에 그대로 적용됐다.

미군이 이렇게 적극적으로 전사자를 예우하는 것은 군에 대한 국민의 신뢰가 군의 사기는 물론 강군을 유지하는 필수 조건임을 알기 때문이다. 전사한 군인을 예우하고, 실종된 미군은 끝까지 찾겠다는 강한 의지의 피력이 미국 국민의 믿음을 유지하는 기반이다.

버락 오바마 미 대통령이 아프가니스탄에서 전사한 열여덟 명의 시신이 운송돼 올 때 델라웨어 주의 공군 기지를 찾은 것도 이 때문이다. 오바마 대통령이, 이들의 시신이 비행기에서 완전히 내려질 때까지 부동자세로 거수경례를 한 것은 깊은 인상을 남겼다.

생존하는 6·25 전쟁 참전 용사를 예우하고, 전사자들을 명예롭게 기리며 실종 군인을 끝까지 찾는 것이 국민의 신뢰를 회복하는 출발점이라는 생각이 든다. 아마도 알링턴 국립묘지에서 그 단서를 찾을 수 있을지도 모른다.

50미터 후진한 미국 경찰

미국에 온 한국인들이 양국을 비교할 때 가장 많이 이야기하는 것
이 미국 경찰이다. 재미 한국인들의 친목 모임에서 미국 경찰한테
도움을 받았거나 교통 위반 '티켓'을 뗀 경험담은 빠지지 않고 등
장한다.

나도 위기 상황에서 미국 경찰한테 큰 도움을 받았던 기억이
여전히 생생하다. 2002년 하버드대 케네디 행정대학원 재학 당시
워싱턴으로 여행을 갔었다. 나와 지인이 운전하던 차량 두 대가 한
밤중에 버지니아 주의 아난데일에서 495번 고속도로로 들어가는
진입로를 깜빡 지나쳐버렸다. 당시는 휴대전화, 네비게이션도 없
었고 이 지역을 잘 모르던 때였다.

난감해하며 진입로를 약 50미터 지난 지점에서 갓길에 정차했
다. 어떻게 해야 할지를 모르고 있을 때 5분도 채 지나지 않아 경찰

차가 달려왔다. 사정을 들은 경찰관은 자신의 지시를 따르라고 했다. 그는 경찰차를 50미터가량 후진해서 진입로 주변의 교통을 통제했다. 다른 자동차들이 모두 선 상황에서 신호를 보내왔다. 두 대의 자동차는 나란히 후진해서 진입로로 무사히 빠져나갈 수 있었다.

워싱턴에 파견 나온 공무원이 들려준 미국 경찰 이야기도 인상적이었다. 이 공무원이 가족과 함께 캘리포니아 주의 서부 해안을 여행할 때다. 태평양과 인접한 해안도로를 달릴 때 경찰차가 자신의 차를 바짝 뒤따라오는 것을 느꼈다. 무슨 잘못을 했나. 잔뜩 긴장한 채 운전을 하는 상황이 약 15분간 계속됐다. 드디어 경찰차가 사이렌을 울렸다. 즉각 도로 갓길에 주차하라는 미국 경찰의 신호다. 긴장된 표정으로 차를 세운 후, 두 손을 운전대에 올리니 경찰관이 다가왔다. 이 경찰관은 그에게 뜻밖의 말을 했다.

"당신의 차를 지켜보니 뒷바퀴에 펑크가 날 가능성이 있습니다. 지금 전진하는 도로 구간에는 차를 수리할 데가 없어요. 한 시간가량 왔던 길을 돌아가면 자동차 정비소가 있으니 그곳에서 타이어를 손보고 가세요."

경찰관의 '지시'대로 차를 돌려 찾아간 자동차 정비소에서 뒷바퀴에 못이 박혀 공기가 빠지는 것이 발견됐다.

물론 미국 경찰이 모두 친절하고 말썽을 일으키지 않는 것은 아니다. 인종 차별, 무분별한 총기 사용, 거친 언행으로 여론의 비판을 자주 받곤 한다. 하지만 미국 경찰의 신뢰도가 한국보다 훨씬 더 높다는 데 대한 이견을 들어본 적이 없다.

　워싱턴을 다녀간 조현오 전 경찰청장도 미국 경찰을 부러워하는 말을 여러 차례 했다. '노무현 전 대통령 차명 계좌'를 언급한 서울 경찰청 특강에서 그는 "미국 경찰은 '폴리스 라인'을 넘으면 경찰봉을 사용하거나 팔을 꺾어 제압한다. 죽창 만들어 공격하면 총으로 바로 쏴버린다"라고 했다.

　그의 말대로 미국 경찰이 이렇게 할 수 있는 것은 한국보다 수준 높은 대민 서비스로 국민의 신뢰를 받고 있기 때문이다. 위기에 처한 상황에서 경찰의 신속하고 공정한 처리를 경험한 미국인들은 경찰의 단호한 공권력 발동에 지지를 보낸다.

미국에서 당한 교통사고

위싱턴에 부임한 직후, 외곽으로 뻗은 66번 고속도로에서 추돌사고를 당했다. 러시아워에 이슬비까지 내리고 있어 저속 주행을 하고 있었지만 순간적으로 목과 상반신에 큰 충격이 왔다. 구입한 지 2주 된 새 자동차 후미에는 흠집이 났다.

　외국에서 교통사고를 당했다는 심리적 이유 때문인지 목 주변의 통증이 심해지면서 어떻게 대처해야 할지 아무런 생각이 나지 않았다. 5분가량 시간이 지났을까? 경찰차가 달려오는 것이 보였다. 185센티미터를 훌쩍 넘는 키의 미국 경찰관은 도로 상황을 살펴보고 설명을 들은 후, 뒤따르던 차량이 사고 원인을 제공했다고 지적했다. 가해 차량 운전자와 인적 사항을 교환토록 한 경찰관은 기자에게 자신의 휴대전화 번호를 건네줬다. '혹시라도 사고 처리가 잘되지 않으면 연락하라'는 말과 함께. 미국인 운전자는 경찰관의 판정에 단 한마디의 이의도 제기하지 않았다. 그는 며칠 후 보험사를 통해 자동차 수리비를 보내왔다.

이와는 전혀 다른 모습의 단호한 미국 경찰관도 목격했다. 서울에서 방문한 지인을 태우고 저녁식사를 위해 버지니아 주의 간선 도로인 4차로의 123번 도로를 달리고 있을 때였다. 목적지 가까이 왔을 때 갑자기 앞에 가던 차량들이 속도를 줄인 후, 유턴을 하기 시작했다. 도로를 막아 선 경찰관이 교통사고가 났다며 '우회 지시'를 내린 것이었다. 교통사고 현장을 보니 반대 차선의 1차로를 활용할 경우 충분히 통행이 가능해 보였지만 다른 길을 찾아 가라는 '명령'이었다. 기자가 운전하는 차 앞에 있던 차량들의 미국인 운전자 중에서 이 조치에 항의하는 이는 한 명도 없었다. 약 15분을 돌아가야 하는 상황에 화가 난 기자만이 "어떻게 이렇게 우회하라고 할 수 있느냐"라고 '한국식'으로 짜증을 내자 미국 경찰관이 신기한 듯 쳐다보았다.

미국 경찰의 친절함과 단호함, 그리고 경찰의 지시를 잘 따르는 미국인들의 사례는 미국에 거주했거나 여행을 다녀본 이들한테서 쉽게 들을 수 있을 정도로 흔하다.

미국에 이민 온 지 10년이 된 한 교포는 한미 양국의 경찰과 관련된 경험을 이렇게 말했다. "한국에는 어느 곳에서든지 경찰이 보이는 것 같지만 정작 필요할 때는 잘 나타나지 않는다. 하지만 미국에서는 정반대다. 평소에는 경찰이 잘 보이지 않다가도 필요한 상황에서는 어김없이 나타나 도움을 주거나 질서를 바로잡는다."

한국의 경찰은 최근 과격해진 집회 현장에서 일부 시위대에게 무장해제 당하고 얻어맞기 일쑤다. 유명 프로 야구선수가 만취한 채 난동을 부리다가 체포된 뒤, 경찰관을 폭행하기도 했다. 미국에서는 상상하기 어려운 일들이다.

민주당 전당대회장의 경찰관

미국 민주당의 대통령 후보를 뽑는 전당대회를 취재하면서도 경찰의 권위를 가까이서 목격했다.

2008년 미 민주당 전당대회가 열리는 콜로라도 주 덴버 시의 16번가 쉐라톤호텔 앞에서 목격한 일이다. 덴버 시에서 가장 번화한 이곳에서 기독교 단체가 '동성애는 죄악이다'는 내용의 대형 피켓을 들고 시위를 벌이고 있었다. 그런데 이곳을 지나가던 젊은이들이 이에 항의하면서 동성연애에 대한 즉석 논쟁이 벌어졌다. 고성이 오가고 구경꾼이 모여들기 시작한 순간, 경찰관 십여 명이 나타나 이들이 인도 전체를 가로막거나 차도로 넘어오지 못하도록 막았다.

그때 '쟁그랑' 소리와 함께 액체가 인도 바닥으로 번지는 것이 보였다. 바로 옆의 노천카페에서 식사를 하던 백인 남자가 맥주병을 반동성애 시위대 주변에 던진 것이다. 경찰관 네 명이 즉각 이 남자에게 달려갔다. 경찰관들이 가장 먼저 한 것은 백인 남자의 두 손을 서슴없이 뒤로 잡아 꺾은 것이다. 이어 한 경찰관이 조금도 주저함이 없이 수갑을 꺼내 두 손에 채운 후, 끌고 갔다. 한국의 '너그러운' 경찰에 익숙해 있던 기자의 머리엔 '사람을 향해 병을 던진 것도 아니고 다친 사람도 없는데 경찰이 과잉 대응한 것 아니냐'는 생각이 머리를 스쳤다. 하지만 이를 이상히 여기고 항의하는 미국인은 아무도 없었다. 모두들 당연하다는 표정으로 경찰의 행동을 지켜보고 있었다.

민주당의 전당대회를 계기로 1.5킬로미터가량 되는 덴버 시 16번가 주변에는 온갖 시위가 벌어졌다. 낙태 반대, 이라크전 반대, 경선에서 탈락한 힐러리 클린턴 상원의원 지지 등. 경찰은 이런 시위와 일부 시민들의 행동이 법의 테두리를 벗어나려 하면 어김없이 나타나 초기에 단호하게 대처했다.

한 남성이 16번가의 '로키 마운틴 초콜릿 팩토리' 상점 바로 앞에서 이라크전에 반대하는 피켓을 들고 있었다. 그러자 경찰관이 다가와 '영업 방해를 하지 않도록 장소를 옮기라'고 '명령'했다. 이 남자가 한두 발짝 움직이는 선에 그치자 경찰관이 직접 그가 물러나야 할 곳을 지정해준 후, '한 번 더 상점에 손님이 들어갈 수 없도록 출입구를 막고 있으면 체포할 것'이라며 눈을 부라린 후 사라졌다.

한번은 과격 성향의 반전 단체 'Recreate 68'이 16번가 바로 옆의 15번가에서 차도로 나가 행진을 시작하자 기마경찰이 나타나 시위대를 인도로 몰아붙였다. 시위대는 산발적으로 구호를 외치긴 했지만 누구도 차도와 인도 사이에 설치된 '폴리스 라인'을 넘지 않았다.

민주당 전당대회 기간 동안 하루도 빠짐없이 걸어 다닌 덴버 시 16번가는 일부 과격한 '촛불' 시위대와 무능력한 공권력 때문에 매력 없는 거리로 낙인찍힌 광화문을 자꾸만 연상시켰다.

공권력이 무력화된 '광화문 해방구' 사태는 폭력 시위를 선동한 일부 과격 단체들과 리더십을 보이지 못한 집권 세력에 1차 원인이 있지만 그렇다고 경찰의 책임이 없는 것은 아니다.

평소 선진국처럼 높은 대민 서비스로 충분한 신뢰를 받고 있었다면 침묵하던 많은 시민이 나서서 '법 집행하는 경찰관과 전경을 때리지 말라'라고 나오지 않았을까. 미국의 경찰이 난동을 부리는 이에게 과감하게 곤봉을 휘두르고 총을 쏠 수 있는 것은 평소 그만큼의 책임을 다해서 신뢰를 받고 있기 때문이다.

{ 서로를 배려하는
선진 시스템 }

달력이 없어도 알 수 있는 미국의 휴일

한국이 미국에서 꼭 들여와야 하는 시스템 중의 하나를 꼽으라면 나는 서슴지 않고 제안할 것이 하나 있다. 바로 미국의 휴일 시스템이다. 마치 과학자가 고안한 것처럼 잘 만들어진 미국의 휴일 시스템에 대해서 나는 몇 번이나 감탄하곤 했다.

주 5일 근무를 하는 한국의 직장인 중 상당수는 아마도 2008년의 한국 달력을 기억할지 모른다. 당시 5월은 이례적으로 어린이날이 긴 사흘짜리 연휴와 석가탄신일이 포함된 사흘 연휴가 1주일 간격으로 들어 있었다. 또 8·15 광복절과 10·3 개천절이 모두 금요일이어서 하반기에도 사흘 연휴가 끼어 있었다.

그러나 이런 '행운'이 계속되지 않았다. 2009년은 어린이날이 화요일이고 석가 탄신일이 토요일이었다. 또 광복절과 개천절 모두 토요일이었다. 추석 연휴도 주말과 겹쳐서 사흘밖에 되지 않았다. 인터넷에는 '잔인한 2009년 달력' '2009년 공휴일이 없어졌다'는 내용들이 등장했다. 미국에선 공휴일 때문에 한 해는 웃고, 그다음 해는 우는 현상이 절대 발생하지 않는다. 미국은 대부분의 공휴일을 '몇 번째 월요일'로 지정, 연간 사흘 연휴가 골고루 발생하게 만들어놓았다.

미국의 휴일 시스템은 철저히 기념일을 중심으로 반드시 사흘 연휴가 되도록 만들어져 있다.

1월 셋째 월요일은 마틴 루터 킹의 날, 2월 셋째 월요일은 대통령의 날, 5월 넷째 월요일은 현충일이다. 날짜를 기준으로 하는 공휴일은 7월 4일 독립기념일, 11월 11일 재향군인의 날, 12월 25일 성탄절 등 얼마 되지 않는다.

직장인들이 자신이 쉬게 될 사흘 연휴를 미리 알 수 있다는 것은 그만큼 예측 가능한 삶을 산다는 것을 의미한다. 미 버지니아 주의 변호사 마리온 스피나 씨는 부산대에서 공부하고 한국말에도 능통해, 한국과 미국의 사정을 비교하는 데 적격이다. 그는 휴일 시스템은 단연 미국이 앞서 있다고 말한다.

"미국에서는 사흘 연휴가 매년 고정돼 있어 여행을 하거나 가족과 함께 할 수 있는 계획을 세우기에 편리하다"는 것이다.

매달 골고루 흩어져 있는 미국의 사흘 연휴는 미국인들의 생활에 활력을 넣고 생활의 분기점이 된다. 9월 첫째 월요일의 노동절이 낀 사흘 연휴는 미국 사회 전체가 일제히 여름 휴가철을 끝내고 다시 업무에 복귀하는 것을 뜻한다. 이어 6주를 일한 후 10월 둘째 월요일 콜럼버스의 날이 들어간 사흘 연휴를 맞는다. 그리고는 다시 6주를 일해서 11월 넷째 목요일에 시작되는 추수감사절을 가족과 함께 지낸다.

나도 미국의 연휴 시스템을 이용해서 가족들과 함께 워싱턴 근교를 미리 계획을 짜서 여행하곤 했다.

미국과는 달리 음력의 영향을 많이 받는 한국에선 미국처럼 추석(추수감사절)까지 매년 요일을 지정해서 지키는 것은 우리 정서와는 맞지 않을지도 모른다. 그러나 음력과 관계없는 어린이날, 현충일을 비롯한 공휴일 체계를 전면 조정하는 것은 고려할 필요가 있다.

삼일절을 3월 첫째 월요일에 기념하고 개천절을 10월 첫째 월요일에 지킨다고 해서 그 의미가 격하되는 것은 아닐 것이다. 미국 대통령 날의 기원인 조지 워싱턴 초대 대통령의 생일은 2월 22일이지만 미국은 2월 셋째 월요일을 공휴일로 지정해서 지키고 있다.

연휴가 불규칙하게 발생하는 것은 사회 전체적으로는 크게 환영할 일은 아니다. 연휴가 잦으면 특정한 달의 생산성이 떨어지는 것을 의미하기 때문이다. 또 어떤 해에는 공휴일이 매번 토요일 일요일과 겹쳐 직장인들에게서 푸념이 나오는 것도 바람직하지 못하다.

한국에도 하루속히 과학적인 공휴일 시스템이 도입되기를 바라는 사람은 나뿐만이 아닐 것이다.

학력보다 경력이 중요한 미국 사회

위싱턴에서 근무하는 동안 미국을 방문하는 한국의 국회의원들을
만날 기회가 많았다. 국회의원들은 위싱턴을 방문한 후, 특파원을
만나 활동상을 홍보하곤 했다.

2000년대 중반에 한나라당 취재반장을 맡아 재선 이상 국회의
원들은 잘 아는 편이지만, 18대 국회에 등원한 초선 의원들에 대해
서는 잘 알지 못했다. 그래서 국내에 있는 후배 기자에게 연락해 18
대 국회 수첩을 한 권 보내달라고 했다.

미국으로 배달된 한국의 '국회 수첩'은 예상을 벗어나지 않았
다. 18대 국회의원 299명의 이력을 소개하고 있는 이 수첩엔 각 의
원들의 출생 연도와 출신 대학이 맨 앞에 기록돼 있다. 누구나 알
만한 명문고를 졸업한 일부 선량들은 일곱 줄짜리 자기 소개란에
출신 고등학교 이름까지 집어넣었다. '무슨 중 · 고'라는 약칭으로
중학교 이름까지 거론한 의원도 있었다. 박사 학위를 가진 한나라
당 K 의원은 자신의 이력 중 80퍼센트를 출신 학교로 채웠다. K 의
원의 이력 중 학력이 아닌 것은 '고시 합격'과 '기업체 대표' 두 가
지뿐이었다. 의원들이 사회에서 어떤 경력을 쌓았는지보다는 20년,
30년 전에 어떤 대학을 졸업했는지가 부각되는 관행은 여전했다.

국회 사무처가 발간한 국회 수첩은 한국 사회에서 여전히 통
용되는 학력과 과거 중심의 문화를 그대로 반영하고 있다. 한국 사
회는 누군가에 대해 이야기할 때 그가 어떤 학교를 졸업했는지가

여전히 중요하다.

이에 비해 학력과 관련한 미국의 문화는 정반대다. 워싱턴의 씽크탱크에서 개최되는 세미나에 가면 연사에 대한 한 장짜리 소개서가 배포된다. 나는 일주일에 평균 5, 6회 이상 각종 행사를 취재하면서 연사들을 소개하는 자료에 수십 년 전에 졸업한 대학이 먼저 나오는 것을 한 번도 본 적이 없다. 출신 고교가 소개된 자료는 물론 없었다.

전략국제문제연구소(CSIS)에서 자주 강연한 크리스토퍼 힐 국무부 차관보의 이력서에서 현직 다음에 언급된 것은 주한 미국 대사 경력이었다. 이어 2005년 6자 회담 수석대표에 임명됐다는 사실이 나오고 폴란드, 마케도니아 대사를 역임한 사실이 기록돼 있다. 그가 메인 주의 보드앵 대학을 졸업한 것은 맨 마지막에 언급돼 있다. 가장 최근 경력에서 시작하여 역순으로 기술한 것이다.

출신 대학이 아예 언급되지 않는 경우도 적지 않다. 한반도 전문가들의 모임인 '코리아 클럽'에서 강연한 데이비드 스트라우브 전 국무부 한국 과장의 이력서는 '2006년 국무부에서 30년간 경력을 쌓은 후 퇴직했다'는 문장으로 시작됐다. 한국식으로 스트라우브 전 과장이 어떤 대학을 나왔는지 궁금해서 그의 이력서를 찬찬히 살폈지만 끝내 출신 대학을 찾지 못했다. 스트라우브 전 과장은 웃으며 "과거에 무슨 학교를 나왔다는 것이 왜 그렇게 중요하냐"라고 반문했다.

기사를 쓰다 보면, 미국의 유명 인사를 소개하는 자료에 학력이 포함돼 있지 않아 다른 자료를 뒤져야 하는 경우도 종종 생겼다.

일반적인 미국인들의 이력서도 가장 최근의 경력에서 시작해서 학력이 마지막에 언급되는 것이 관행이다. 이는 수십 년 전에 어떤 대학을 졸업했느냐가 한국보다는 중요하게 여겨지지 않음을 의미한다. 명문대를 졸업했다고 해도 얼마나 깊이 생각하고 어떤 사회 경험을 쌓았느냐에 따라서 개인의 실력은 얼마든지 달라질 수 있음을 인정하고 있는 것이다.

그런 점에서 미국은 과거에 자신이 나온 학교에 기대지 않고 앞으로 더 나은 경력을 쌓기 위해 노력하는 사회라고 할 수 있다.

이런 분위기에서는 단지 같은 학교를 졸업했다는 이유만으로 인맥이 형성돼 특혜가 베풀어질 확률은 높지 않다.

특히 미국의 대학은 모교 출신을 우대하는 전통이 거의 없다고 해도 과언이 아니다. 한국의 대학들이 기를 쓰고 모교 출신을 임용하려 하는 것을 도저히 이해 못 하는 것이 미국 대학이다.

한국에서도 최근에 쌓은 경력이 중시되고 과거의 학력을 참고 자료로 활용하는 것이 일반화될 때 선진국에 더 근접할 것 같다.

감탄스러운 주차 질서

미 버지니아 주에 살면서 매일 워싱턴 시내로 출근하는 나의 자동차에는 늘 25센트짜리가 백 개가량 들어 있었다.

2009년 워싱턴의 '길거리 주차' 요금이 2시간에 4달러(15분당 50센트)로 인상되면서 생긴 현상이다. 최대 2시간 주차하기 위해

25센트짜리가 열여섯 개가 필요하게 된 것이다. 요금이 오른 후에는 아예 은행에서 25센트짜리 40개가 든 10달러짜리 '롤'을 여러 개 준비해서 다녔다.

취재를 위해 사람을 만날 때는 2시간이 넘지 않도록 각별히 주의를 기울였다. 주차 시간 5분을 초과해서 25달러의 벌금을 물고 난 후에는 단 1분이라도 주차 시간을 초과하지 않도록 종종걸음을 하는 경우가 많았다.

미국에 파견되기 전에 한국에서는 이렇게까지 주차 문제에 대해서 신경 쓴 기억이 별로 없다. 눈치를 봐서 대로변에 대강 주차하거나 골목길을 찾아서 주차 공간을 찾곤 했다. 서울의 종로 2가 대로변에서 꽃을 사기 위해 버스 정류장 근처에 정차한 적도 있었다. 하지만 4년 가까이 미국에 머무는 동안 한 번도 한국에서처럼 행동하지 못했다.

미국의 도로는 주차가 허용되느냐 그렇지 않느냐로 명확히 나뉜다. 조금이라도 길거리 주차 공간을 벗어나거나 시간이 초과하면 어김없이 주차 위반 스티커가 차창에 부착되는 곳이 미국이다.

2010년 한국의 탈북자 출신인 이애란 경인여대 교수가 미 국무부에서 '용기 있는 국제여성상(Award for International Women of Courage)'을 받을 때였다. 이 수상식에는 버락 오바마 미 대통령의 부인 미셸 여사와 힐러리 클린턴 국무장관이 번갈아 가며 탈북자에 대한 이 교수의 헌신을 높이 평가했다. 생각보다 행사가 길어진 바람에 거의 두 시간이 흘렀다.

주차 시간 두 시간을 넘기지 않기 위해 미 국무부에서 나와 길거리 주차를 해둔 곳으로 전력 질주했다. 주차 시간을 불과 5분밖에 넘기지 않았지만, 러시아워 때의 불법 주차비에 해당하는 100 달러 딱지가 붙어 있었다. 이미 견인차들이 와서 내 차 옆에 주차된 차를 끌고 가는 중이었다. 자동차가 견인되지 않은 것을 다행으로 여겨야 했다.

모든 도로에는 주차가 허용되는 시간을 표시한 작은 표지판이 서 있고, 이를 집행하는 공무원은 아무리 사소한 위반이라도 용납하지 않는다. 러시아워가 시작되는 오후 4시부터 6시 30분 사이에 주요 도로변에 주차돼 있는 차는 어김없이 견인된다. 차를 도로 찾는 비용은 한국보다 훨씬 더 비싸다.

모든 시민이 주차 문제에 대한 엄격한 법 집행을 알기에 불법 주차를 한 경우를 여간해서는 찾아볼 수 없다. 시간 초과가 돼 있는 차는 있지만 주차하면 안 되는 곳에 주차된 차는 거의 없다고 보는 편이 정확하다.

그 결과, 불법 주차로 인해 차가 막히거나 소방차가 지나가지 못하는 경우는 발생하지 않는다. 주차장을 찾지 못할 경우, 사설 주차장에 차를 넣게 해서 교통의 흐름을 방해하지 않도록 하는 것이 미국의 정책이다.

이런 문화가 생활화되다 보니 누가 시키지 않아도 자연스럽게 질서 있는 주차 문화가 만들어져 있다. 2008년 미국 민주당의 대통령 경선을 취재하러 네바다 주의 라스베이거스를 갔을 때 일이다. 평일 저녁 라스베이거스의 한 중학교에서 열린 힐러리 클린턴 상원의원(현 국무장관) 지지 집회에 뒤늦게 도착해 걷고 또 걸어야 했다.

행사장으로부터 4차선 도로의 길 양쪽에 한 줄로 길게 늘어서 있는 차들의 맨꽁무니에 주차하고 보니 행사장으로부터 약 1.5킬로미터 떨어져 있었다. 지나가는 차량도 별로 없고, 경찰관 한 명 없었다. 하지만 일찍 온 순서대로 학교에 가까운 쪽부터 주차하는 원칙이 철저히 지켜졌다. 놀랍게도 행사장으로 가는 동안 단 한 대의 차도 이중 주차되거나 교차로 부근에 불법 주차된 것을 보지 못했다.

더 놀라운 것은 학교로 진입하는 50미터의 도로에 차 한 대도 주차돼 있지 않고 텅 빈 것을 발견했을 때였다. 이 도로는 만약의 사태에 대비해 소방차가 신속하게 진입할 수 있도록 만들어진 도로였다. 도로 양쪽을 임시 주차장으로 쓰더라도 소방차가 통과할 수 있을 정도로 넓었지만, 누구도 그곳에 차를 세우지 않았다. 정치 행사가 열리면 소방 도로 확보를 포함한 모든 규정이 무시되고, 불법 주차로 행사장 주변이 엉망이 돼버리는 한국의 현실과는 너무도 달랐다.

이런 현상은 어딜 가도 마찬가지였다. 미국 공화당, 민주당의 대통령 후보 경선이 시작되는 아이오와 주의 디모인 시에 외지에서 온 수만 명의 인파가 몰렸지만 주차 문제로 어려움을 겪지 않았다. 차들은 경찰이나 안내 요원의 지시를 받고 질서 있게 주차했다. 어느 한 곳에서도 이중 주차로 행사장이 엉망이 돼버리는 경우를 보지 못했다. 우리가 미국에서 정말로 배워야 할 것은 바로 주

차 질서에서부터 시작해야 한다는 생각이 머릿속을 떠나지 않고
있다.

차 질서에서부터 시작해야 한다는 생각이 머릿속을 떠나지 않고

{ 기품 있게 이기고
영예롭게 진다 }

유소년 축구의 감동

미국의 청소년들은 주말에 집에만 있는 경우는 거의 없다. 최소한 하루는 각자가 좋아하는 운동경기에 참여하면서 지낸다.

초등학교 고학년이었던 내 아들이 좋아한 운동은 축구였다. 일주일에 하루는 연습하고 매주 토요일에는 다른 팀과 시합을 하는 생활을 3년 넘게 했다. 나는 가끔씩 아들 녀석의 축구 경기에 가서 시합하는 장면을 지켜보곤 했다. 아들의 축구 시합 경기를 참관할 때마다 학교 교육뿐만 아니라 생활체육의 중요성을 몇 차례 절감했다.

가장 기억에 남는 것은 2010년 미국 버지니아 주 매클레인 유소년 축구 리그가 최종 경기를 가졌을 때의 일이다. 섭씨 35도를 기록한 이날, 아들이 속한 '그린팀'과 '옐로팀' 간의 6학년 결승전은 상당히 격렬했다. 축구를 전문적으로 할 학생들은 아니지만, 졸업 전 마지막 경기라는 생각에 전·후반 60분 동안 뛰고 또 뛰었다. 땡볕을 이겨내기 위해 아이들은 차가운 물로 머리를 적셔가며 운동장을 누볐다. 아이들의 몸과 몸이 부딪친 후, 잔디밭에 뒹굴기도 했다. 결국 그린팀이 3대 1로 승리했다. 심판의 경기 종료 휘슬이 울리자, 아이들이 환호성을 지르며 부모들에게로 달려왔다. 우승했다는 감격에 아이들은 금세 장난을 치면서 떠들썩한 분위기가 됐다.

이때 그린 팀의 제프 멕루 코치가 아이들을 불러 모았다. 평일에는 법원에 다니며 자원봉사로 코치를 맡았던 그다. 승리감에 도취한 아이들을 진정시킨 그가 인상 깊은 말을 했다. "우리는 기품 있게 이기고, 질 때는 영예롭게 진다(win with class, lose with honor)." 처음엔 말뜻을 금방 알아차리지 못했다. 집에 와서 미국인 친구와 통화해서 이 말이 가진 뜻을 확실히 알게 됐다. 미국에서 아마추어 스포츠 경기를 할 때 자주 사용되는 말이라고 했다.

멕루 코치는 열심히 뛰었지만 골 운이 따라주지 않아 분패한 옐로팀과 악수를 하고 올 것을 지시했다. 아울러 축구하면서 생긴 감정으로 경기장 밖에서 상대 선수에게 '보복(retaliate)'하지 말라고 강조했다. 코치의 말에 고개를 끄덕인 아이들은 다시 운동장으로 돌아갔다. 옐로팀 선수들과 일렬로 서서 악수를 나눈 후 돌아왔다.

이어서 아이들은 한 명씩 앞으로 나와 코치로부터 칭찬을 들은 후, 축구화와 축구공이 새겨진 상패를 받았다. 2주 전 오른쪽 손목뼈가 부러져 기브스를 한 채 경기에 참가한 기자의 아들도 격려의 말을 들은 후, 쑥스러운 미소를 지었다.

집에 돌아와 저녁을 먹고 이메일을 열어보니 그린팀의 학부모들한테서 이메일이 와 있었다. 버드라는 이름의 학부모는 맥루 코치가 "거칠지 않고 과도하지 않으면서도 단호했고, 올바른 성품을 갖는 것이 스포츠의 가장 중요한 것이라는 것을 알려줌으로써 우리를 고무시켰다"라고 했다. 다른 학부모 제트는 "오랜 도전 끝에 1위를 하게 된 것에 감사한다. 팀워크와 끈기의 의미를 알게 됐다"라고 썼다.

맥루 코치가 얼마 되지 않아 답장을 선수와 학부모들에게 보내왔다. "아마도 우리 팀은 남아프리카공화국에서의 2010년 월드컵 시작에 자극받았는지 모른다"며 "매우 즐거운 플레이오프 시즌을 보냈다"라고 했다. 또 "오늘 우리 아이들은 훌륭한 경기를 한 것에 대해 자랑스러워해야 한다"라고 했다. 그는 학부모들이 전해준 작은 선물에 대해서는 "어린 선수들과 이렇게 즐거운 시간을 보냈는데 내가 이런 선물을 받는 것은 '불공평'하다"라며 감사했다.

나만 그런 줄 알았더니 그린팀의 학생들과 학부모들은 축구를 통해 얻은 잔잔한 감동을 공유하고 있었다. 공동체와 삶을 사랑하는 공부는 교실에서만 이뤄지는 것이 아니라 생활체육에서 이뤄지는 것을 이때 알았다. 나와 아들은 한국에 돌아온 순간부터 이런 기회가 사라진 것을 아쉬워하고 있다.

폭설에도 여유 있는 나라

태어나서 이렇게 많은 눈을 미국에서 볼 줄은 몰랐다. 2010년 겨울 아침 문을 열고 나가보니 허벅지까지 차오르는 눈이 기다리고 있었다. 전날 자동차 앞쪽 유리창에 달라붙지 않도록 하늘을 향해 세워놓은 와이퍼가 눈에 파묻혀 간신히 끄트머리만 나와 있었다.

오후부터 워싱턴을 비롯한 미국의 동부 수도권 지역에 최고 80센티미터가량 내린 기록적 폭설은 도시 기능을 마비시켰다. 공항은 폐쇄되다시피 했고 철도·고속버스 운행도 지연됐다. 삽으로 눈을 치워 문에서 집 앞 도로까지 나가는 길을 확보하고, 자동차를 눈 속에서 '파내는 데' 3시간이 걸렸다. 오전 11시쯤에는 갑자기 전기가 나갔다. 약 4시간 후에 전기가 들어왔다가 다시 나가고, 휴대용 가스버너로 저녁을 해 먹은 뒤에야 불이 들어왔다.

이런 불편함에도 불구하고 같은 동네에 사는 미국인들의 얼굴에서는 짜증보다 미소가 더 자주 눈에 띄었다. 정전 속에서도 동네 사람들이 모여서 촛불 아래 와인 잔을 기울였다. 장화를 신고 삽을 들고 나와 눈을 치우던 이웃 사람들은 '정말 좋은 날(What a wonderful day)'이라는 말을 인사말처럼 주고받았다.

한국에 내린 눈보다 훨씬 많은 눈이 내렸지만 혼란과 사회 전체가 느끼는 짜증은 없었다. 오히려 눈을 즐기는 여유를 보였다.

왜 그랬을까. 나는 그 이유를 크게 두 가지에서 찾는다. 무엇보다 미국 기상청(NOAA)의 정확한 기상 예보 덕분이다. 미국의 관공서와 언론은 기상청의 예보를 바탕으로 폭설이 내리기 일주일 전부터 그날 폭설이 시작될 것이라고 시민들에게 반복해서 '각인' 시켰다. 미 수도권 지역은 기상청의 일기 예보에 대한 전적인 신뢰를 바탕으로 움직였다. 버지니아 주 페어팩스 카운티는 폭설이 쏟아지기 하루 전 초·중·고교에 휴교령을 내렸다. 대부분의 관공서와 회사들도 오전 근무만 마치고 귀가 조치를 내렸다.

이 때문에 수도권 순환 고속도로는 저녁 7시부터 차량을 찾아보기 어려울 정도로 한산해졌다. 지하철을 타려고 몰려든 승객들도 없었다. 제설 차량들은 한밤중에도 쉴 새 없이 다니면서 간선도로의 눈을 밀어냈다. 기록적인 폭설에도 사건·사고는 평상시보다도 적었다.

일상생활에 쫓기지 않고 선진국답게 여유 있게 돌아가는 시스템도 영향을 미쳤다. 폭설이 내려도 정시에 출근 못 하면 눈치를 봐야 하는 한국 사회와는 달리 미국은 개인의 안전과 일의 효율성에 더 신경을 쓴다. 워싱턴 인근의 많은 관공서와 회사들은 주말에 인터넷 연락망을 통해 월요일 근무 시간을 늦추거나 휴가를 사용하도록 권고했다. 미국 사회에 확산되고 있는 컴퓨터와 스마트폰을 이용한 재택근무도 적극 활용됐다. 덕분에 앞집에 사는 AT&T 직원 데니스 던은 출근에는 신경 쓰지 않고 동네 사람들의 집 앞까지 눈 치우기를 도와주는 데 온종일 시간을 보냈다. 한 집 건너 이웃인 존 수누누 전 상원의원은 바로 옆집 노부부의 자동차가 나갈 길을 만들어주며 정담을 나눴다. 기자가 탄 차가 눈길에서 꼼짝 못하게 되자 이웃이 달려와서 웃는 표정으로 자동차를 밀어줘 빠져나올 수 있었다.

워싱턴을 비롯한 수도권 지역에 폭설은 내렸지만 사람들의 마음은 포근했다. 한산하고 정겨운 풍경이 펼쳐졌다. 우리에게도 이런 광경이 언젠가는 올 것이라고 믿고 있다.

자전거 열 대의 축복

내가 가진 취미 중 하나는 자전거 타기다. 어릴 적부터 자전거를 타면 기분이 좋았다. 카투사로 군복무를 하던 시절에는 미군에게 구입한 중고 자전거로 막사와 사무실을 오갔다. 집에서부터 신문사가 있는 서울 세종로까지 자전거를 타고 출퇴근할 계획도 갖고 있다. 특파원 임기가 끝나면 두 달에 걸쳐 미국을 자전거로 횡단하려는 계획을 세워보기도 했다.

교통 체증과 주차난이 심한 워싱턴에서 나는 공용 자전거를 타고 다녔다. 물가가 비싼 워싱턴에서 자전거 열 대를 동시에 갖는 데는 40달러밖에 들지 않았다. 시에서 운영하는 '스마트 바이크'의 1년 회원이 되자 신용카드처럼 생긴 전자 회원증이 배달돼 왔다. 그 후, 백악관 주변의 H 스트리트를 비롯, 열 곳의 무인 공용 자전거 주차대에서 자전거를 뽑아 페달을 밟고 다녔다.

자전거 열 대의 '주인'이 되기 전에는 백악관 옆의 사무실을 나설 때마다 자동차를 타고 가야 했다. 국무부와 의회, 씽크탱크가 몰려 있는 듀폰 서클 부근에 갈 때마다 교통 체증으로 짜증이 나고, 주차를 하는 데 적지 않은 돈이 들어 신경이 쓰인 것이 사실이다.

2009년 워싱턴은 2시간에 2달러를 받던 길거리 주차를 4달러로 100퍼센트 인상했다. '길거리 주차'를 찾지 못해 일반 주차장을 이용하면 2시간에 15달러 이상을 내야 한다.

'자전거 족'이 되면서 주차비를 줄인 것은 물론, 운전할 때보다 더 시간을 아꼈다. 취재하러 자주 다니는 곳에는 자전거로 10분 안팎이면 도착하니 운전하는 것보다 훨씬 빨랐다. 3단 기어 덕분에 언덕길에서 속도를 낼 수 있고 바지가 체인에 끼지 않도록 철제 체인 커버가 돼 있는 것도 만족스러웠다.

워싱턴에서 자전거를 타면서 감탄한 것은 단 한 차례도 보도 턱 때문에 고생하지 않았다는 것이다. 신기하게도 모든 인도는 자

전거가 지나갈 수 있게 턱이 깎여 있다. 시 당국은 자전거 이용자에게 보도 턱만큼 원망스러운 것이 없다는 것을 잘 알고 있는 듯했다.

워싱턴 중심가 E 스트리트를 비롯한 중요한 간선도로에는 자전거 전용 도로가 있어서 자동차와 나란히 속도를 낼 수 있게 돼 있다. 운전할 때는 다소 불편하게 여겨지던 일방통행로가 안전하게 느껴지는 것도 새로운 발견이다. 방향을 바꿀 때 같은 방향으로 달리는 자동차만 조심하면 사고가 날 가능성은 거의 없다.

자전거를 타기 전에는 미처 알아차리지 못했던 풍경을 만나는 것도 의외의 소득이었다. 워싱턴 뒷골목에 고스란히 보존돼 있는 오래된 건물을 감상하는 재미가 있었다.

워싱턴에서는 자전거를 통행 수단이라고 여기기 때문인지 40대, 50대 직장인들이 정장을 한 채로 자전거를 타는 모습이 낯설지 않다. 조지 워싱턴대와 조지타운대 주변에서는 치마 입은 여학생들이 아무렇지도 않게 자전거를 타는 모습도 볼 수 있다. 나도 처음엔 양복에 넥타이를 맨 채로 타는 것이 어색했지만, '누가 나를 알아보겠느냐'는 생각에 실용성을 택했다.

자전거를 타도록 권유하는 시스템과 문화가 정착된 덕분에 이곳에는 자전거로 통근하는 이들이 적지 않다. 제임스 존스 전 백악관 국가안보 보좌관은 현직에 임명되기 전에 버지니아 주의 매클레인에서 자전거로 워싱턴의 상공회의소까지 출퇴근했다. 주한 미국 대사관 공사를 역임한 외교관 딕 크리스텐슨도 일과 후, 자전거를 탄 모습으로 약속 장소에 나오기도 했다.

미국은 지방자치단체는 물론 기업체까지 자전거 문화 보급에 나서고 있다. 시카고를 방문했을 때 패스트푸드 업체인 맥도널드가 밀레니엄 광장에 만든 '사이클 센터'는 무척 인상적이었다. 통유리로 멋을 낸 1500제곱미터 면적의 맥도널드 사이클 센터에서는 자전거를 빌려주는 것은 물론 샤워도 할 수 있게 했다. 사이클 센터를 명소로 만든 것이다. 지방자치단체의 자전거 이용 활성화 계획에 기업체가 적극 호응한 대표적인 사례다.

사회 각 분야가 조금만 힘을 합치면 워싱턴이나 시카고처럼 얼마든지 '자전거 천국'이 될 수 있다. 그런 면에서 한강을 중심으로 자전거 도로가 활성화된 것은 바람직하다. 서울에서 함께 자전거를 탄 캐슬린 스티븐스 전 주한 미국 대사는 "한국의 자전거 기반 시설은 세계 어느 나라보다 잘돼 있다"라고 말했다. 도심 곳곳에서 공용 자전거를 쉽게 이용함으로써 생활이 달라지는 기분을 서울에서도 느끼게 된 것을 축복으로 생각하고 있다.

{ 토론이 중심을
잡는 사회 }

미국 노트르담 대학의 풍경과 한국

미국 인디애나 주의 가톨릭계 대학인 노트르담 대학은 한국에는 많이 알려지지 않은 학교다. 2009년 낙태 허용론자인 버락 오바마 미 대통령이 이 대학의 졸업식에서 연설한 것이 낙태 논란을 점화시켰다는 화제 기사 형태로 한국에 많이 소개됐다.

하지만 노트르담대 졸업식에서 벌어진 이번 상황은 보수와 진보의 대립이 격해지는 한국의 현실을 생각하며 새로운 시각으로 이해해볼 필요가 있다. 무엇보다 한국 사회가 부러워할 만한 요소가 몇 가지 있다.

우선 이 대학의 존 젠킨스 총장. 사제인 그는 자신이 속한 가톨릭 측의 비난을 감수하면서도 오바마 대통령 초청을 결정했다. 70명의 동료 신부가 비난하고 36만 명이 그의 결정을 취소토록 하는 청원서에 서명했지만 그는 단호했다. 그는 대학의 존재 의의를 '신

넘, 배경, 관점에 관계없이 선의를 가진 모든 이들과의 대화를 촉진하는 것'으로 규정했다. 이성을 가지고 오바마 대통령의 말을 일단 들어보자는 입장을 택했다. 자신이 발을 딛고 있는 곳에서 '배신자', '변절자'라는 비난을 받는 것을 두려워하지 않았다. 오바마 대통령에게 연설할 기회를 주고 졸업하는 학생과 재학생들이 스스로 판단을 내리도록 했다.

다음은 오바마 대통령. 그는 취임 후 배아 줄기세포 연구에 대한 정부 지원 허용으로 가톨릭계로부터 배척받고 있지만 기꺼이 이번 초청을 받아들였다. 배아 줄기세포 연구와 낙태를 허용해야 한다는 신념을 갖고 있으면서도 졸업식 연설에서는 꼭 자신이 옳다고 주장하지 않았다. 그 대신 "여성의 낙태 권리 문제를 둘러싸고 이견이 있을 수 있지만, 이 문제를 토론할 때는 열린 가슴과 열린 마음, 공정한 말을 사용하자"라고 제안했다. 또, "적어도 낙태가 여성에게는 도덕적으로나 정신적으로 가슴이 찢어지는 결정이라는 데는 의견이 같을 것"이라는 말로 공통된 인식을 찾으려 했다.

오바마 대통령은 이 연설을 위해 자신의 입장을 바꾸지 않았지만 논쟁을 피하지도 않았다. 그 논쟁의 한복판에 뛰어들어 '대화하자'는 입장을 제시하는 포용력을 발휘했다.

젠킨스 총장과 오바마 대통령보다 더 주목받아야 하는 이들은 이 졸업식에 참석한 1만 2000명의 미국인들이다. 오바마 대통령의 연설이 시작할 때 '유아 살해자', '우리의 아이들을 죽이지 말라'는 격한 구호가 일각에서 터져 나왔다.

이에 대해 참석자들은 입을 모아 그들에게 야유를 보냈다. '우

리는 할 수 있다', '우리는 노트르담이다'라는 구호로 이들의 과격
한 구호를 막아버렸다. 오바마 대통령의 연설을 직접 들어본 후 판
단하겠다는 자세였다. 절대 다수의 뜻이 오바마 대통령의 연설을
듣겠다는 것이 확인된 후, 더 이상의 연설 방해는 없었다.

이날 참석자들은 1퍼센트도 되지 않는 과격파들이 졸업식을
망치려는 것을 가만히 보고 있지 않았다. 합법적으로 마련된 상황
이 엉망이 되려고 할 때 단호히 '아니요'라고 말하는 다수가 나섰
기에 이날의 졸업식은 큰 사고 없이 끝났다.

한국은 1980년대로 돌아가려는 듯 논란이 생길 때마다 과격
세력이 다시 거리로 나오고 있다. 상대방의 목소리도 들어보자며
대화 기회를 제공하는 지도자, 가슴으로 설득하는 대통령, 극소수
과격 세력을 용인하지 않는 행동하는 다수만 있다면 한국의 특수
한 상황은 달라질 수 있지 않을까.

대학에서 열린 미 대선 토론회

미국의 대학이 유명 정치인들의 강연뿐만 아니라 정당들의 토론장
으로도 활용되는 것을 어렵지 않게 목격할 수 있었다.

2008년 미 대통령 선거 때 실시된 네 차례의 텔레비전 토론회
는 모두 대학교에서 개최됐다는 공통점이 있다. 미국의 대통령선
거토론위원회(CPD)는 올해도 정·부통령 후보 텔레비전 토론회
를 모두 대학에서 개최키로 하고 1년 전에 일찌감치 토론회가 열

릴 장소를 결정했다.

토론회가 개최된 대학교에서는 재학생의 절반이 넘는 학생들이 방청을 희망하는 바람에 입장권 추첨을 해야 할 정도로 관심이 집중됐다. 마지막 토론회가 개최된 뉴욕 주의 호프스트라대에서는 6800명의 재학생이 입장권을 신청했다. 이에 앞서 부통령 후보 토론회가 열린 미주리 주 워싱턴대도 재학생 7942명이 입장권 추첨에 응모했다. 미시시피대와 벨몬트대는 대선 토론회를 계기로 장외 토론장을 만들어 미국의 차기 대통령과 관련한 정책을 논의하기도 했다.

4년간 미국의 진로를 결정할 대선에 적지 않은 영향을 끼치는 토론회가 대학에서 열리고 재학생들이 적극 참여하는 것은 대학이 미국 사회에서 차지하는 비중을 상징한다. 대학이 미국 사회에 깊숙이 뿌리박고 있으며 중심 역할을 하고 있음을 의미하는 것이다.

미국의 각 대학은 대선 토론회뿐만 아니라 수시로 시사 토론회와 각 분야 명사들의 강연을 통해 미국 사회에 중요한 판단 근거를 제공하고 있다. 때로는 대학들이 활로를 찾지 못하고 있는 현실에 처방을 제시하기 위해 경쟁적으로 토론회를 개최하기도 한다.

2009년 미국의 전직 국무장관 다섯 명이 참석한 토론회가 개최된 곳도 워싱턴의 조지 워싱턴 대학이었다. 헨리 키신저, 매들린 올브라이트를 비롯한 국무장관들이 나와서 미국의 외교·안보를 진단하는 이날 토론회에도 학생들이 몰려들어, 추첨을 통해 입장권을 배부해야 했다.

다음 달 대선과 함께 실시되는 총선에 출마하지 않는 81세의 존 워너 상원의원은 올 초 자신의 불출마 및 은퇴 선언을 모교인 버지니아대 교정에서 했다. 한국전 참전 용사이기도 한 워너 상원의원이 모교에서 은퇴 선언을 하면서 50년 넘는 공직 생활을 회고할 때 새까만 그의 후배들은 박수를 보냈다.

이런 현상은 미국의 대학이 학문의 범주에만 머물지 않고 대학의 울타리 바깥과 소통하는 노력을 지속해왔기에 가능하다. 대학은 각종 행사를 통해 책과 인터넷으로만 얻기 어려운 경륜을 학생들이 배우도록 하는 것이다.

미국의 대학생들은 엄격한 학사 관리 때문에 늘 시간에 쫓기지만 수업 이외의 행사에서 자신의 인식을 확대시키려는 노력을 게을리하지 않는 것 같다.

조지타운대에서 북한 인권 토론회가 개최됐을 때의 일이다. 백여 명의 대학생들이 참석한 토론회는 저녁 10시가 되어도 끝나지 않았다. 청소 문제로 토론회장의 문을 닫게 되자 다른 강의실로 옮겨서 밤 11시가 가까워져서야 토론이 종료됐다. 그때 처음에 참석했던 대부분의 학생들이 남아 있을 때의 놀라움은 미국의 대학을 다시 보게 되는 계기가 됐다. 과연 한국의 대학생들은 미지의 국가를 위한 인권 토론회가 열리게 되면 얼마나 참석할 것인가.

건강한 토론에 기반을 둔 대학이 미국 사회의 밑바닥을 지탱하고 있다는 사실을 기억하는 것은 지식층이 엷은 우리 사회에 괜찮은 참고 자료가 될 수 있을 듯하다.

K 스트리트의 씽크탱크에서

"

위싱턴의 중심지 K 스트리트에는 로비 업체만 있는 것이 아니다. 위싱턴 정계에 영향을 미치는 각종 씽크탱크와 이익집단들이 포진해 있다. 매일같이 K 스트리트를 오가며 미국 사회의 동향을 파악하는 것은 긴장되면서도 즐거운 일이었다.

"

{'아니오'라고 말하는 사회}

커피 값도 보고해야

특파원 생활 동안 미국 정치를 들여다보면서 느낀 것은 생각했던 것보다 훨씬 더 돈에 엄격하다는 것이다. 선거 때가 되면 정치인들은 수천만 달러의 선거 경비를 사용하지만, 1달러 단위까지 철저히 사용 내역을 신고하지 않으면 안 된다.

2008년 미국 민주당의 대통령 후보 경선에 출마한 버락 오바마 당시 상원의원이 1월부터 6개월간 미 전역을 다니며 일반 호텔인 홀리데이 인에 숙박비로 낸 돈은 3만 9218달러였다.

그의 선거 캠프는 같은 기간에 피자를 주문하는 데 3629달러 68센트를 썼다. 던킨 도넛에는 79달러 4센트, 스타벅스에는 100달러 25센트가 지불됐다. 캘리포니아에서 선거 유세를 할 때는 참석자들의 흥을 돋우기 위해 1700달러를 들여 밴드를 동원했다.

그의 경쟁자인 힐러리 클린턴 상원의원은 가구 회사인 이케아에서 사무용 가구를 구입하는 데 6676달러 82센트를 썼다. 주로 파파존스 피자를 선호하는 클린턴 의원 캠프는 피자 주문에 1286달러 23센트를 지불했다. 선거 캠프 종사자들의 월급으로 370만 달러, 여행 비용으로 130만 달러가 사용됐다.

선거 자금 문제만 놓고 보면, 미국은 매일 대통령 선거를 치르는 것 같은 착각이 든다. 대통령 선거를 한참 남겨놓고도 거의 매일같이 선거 자금 문제가 언론을 통해 공개된다.

뉴욕 타임스는 신문의 중요 지면을 할애해서 각 후보들이 지난 6개월간 어디에 얼마를 쓰고 있는지를 분석했다. 스타벅스에서 1달러 71센트짜리 커피를 사 먹은 것부터 수만 달러에 이르는 선거 자문 계약에 이르기까지 모든 것이 검증 대상이다.

언론사가 분석한 이 자료는 후보들의 자진 신고를 바탕으로 연방선거관리위원회(FEC)가 제공하고 있다. FEC의 홈페이지에는 특정 후보가 어느 지역에서 어떻게 선거 자금을 모금해서 어떻게 사용했는지가 일목요연하게 그래픽화되어 분석돼 있다.

2008년 공화당 대통령 후보 경선에서 선두를 달렸던 루돌프 줄리아니 후보는 경선이 시작되기 전에 200달러 이하의 소액 기부에서는 총 232만 1349달러를 모금했다. 2000달러가 넘는 고액 기부에서는 2432만 5209달러를 기록, 주로 부유층이 그를 지지하고 있는 것으로 분석됐다. 같은 당의 미트 롬니 후보는 200달러 이하의 기부에서 389만 1716달러, 2000달러 이상 기부에서는 2247만 8222달러를 걷어 줄리아니 후보보다는 소액 기부자가 많은 것으로 조사됐다.

대통령 선거에 나선 미국의 정치인들은 사실상 무한대로 선거 자금을 모금할 수 있다. 오바마 의원의 경우 이미 경선 전에 기업체의 1년 매출액보다 많은 5850만 달러를 걸어 들였다. 하지만 걸어 들인 돈에 대해서는 철저히 어디에 어떻게 썼는지를 입증해야 한다. FEC는 후보들이 신고한 자료를 끊임없이 분석하고, 언론은 이를 검증하는 데 사력을 다한다.

이 같은 시스템이 가동될 수 있는 배경에는 유권자들의 관심이 자리 잡고 있다. 미국의 유권자들은 대통령 후보들의 선거 자금 출처와 용처에 대해 높은 관심을 보인다.

한국의 대통령 선거에서 선거 자금 문제가 쟁점이 되는 경우는 드물다. 각 선거 캠프가 쓰고 있는 선거 자금 문제에는 초점이 맞춰지지 않았다. 사실상 수백 명이 활동하는 유력 후보 캠프의 선거 자금 문제가 쟁점이 되지 않는다면 다시 불법 선거 자금 문제가 터져 나오지 않는다는 보장이 없을 텐데도 여전히 둔감한 편이다.

권력자에게 반대 의견을 말하는 용기

직장 상사에게 반대 의견을 밝히는 것은 쉽지 않다. 특히 최고 권력자에게 직언하는 것은 더욱 어렵다.

2007년 11월 백악관에서 초당파로 구성된 이라크 스터디그룹(ISG)은 조지 W. 부시 미 대통령으로부터 이라크전에 대한 브리핑을 듣고 있었다. 부시 대통령은 이들에게 1시간 넘게 이라크에

대해 낙관적인 전망을 펼쳤다. 특히 이라크의 누리 알 말리키 정권
에 대해 긍정적인 평가를 했다. 부시 대통령은 말리키 정권을 언급
하며 '이라크에 헌법에 기반을 둔 질서가 형성되고 있다'라고 자신
감을 피력했다.

불과 두어 시간 뒤 ISG 멤버들을 만난 마이클 헤이든 당시
CIA 국장은 부시 대통령과 정반대의 분석을 했다. 헤이든 국장은
'이라크 말리키 정권의 무능력은 돌이킬 수 없는 것 같다'라고 했
다. '이라크 정부는 통치 능력이 없다'라고도 했다. 그는 "우리는
균형 잡힌 이라크 정부를 만들기 위해 많은 에너지와 돈을 썼으나,
그 정부는 작동할 수 없다"라고 말했다.

부시 대통령이 이라크 정부에 대해 낙관적인 평가를 하고 있
는 것을 뻔히 아는 CIA 국장이 통치권자와 백팔십도 다른 평가를
언급한 것이다. 그로부터 4개월 뒤 ISG는 부시 행정부의 이라크
정책 전환을 촉구한 '이라크 스터디그룹 보고서'를 발간했다. 이
보고서는 말리키 정권이 안보와 종족 간 화해에서 실질적인 진전
을 보이지 않으면 지원을 거부해야 한다고 제언했다. 물론 이 부분
은 헤이든 국장의 발언에 기반을 둔 것이다.

닉슨 대통령의 하야를 불러온 워터게이트 사건을 특종 한 밥
우드워드 기자는 당시 워싱턴 포스트의 1면 톱기사에서 이 내용을
보도했다. 기사엔 '부시 대통령이 (이라크전) 승리를 말할 때 CIA
국장은 이라크 정부가 통치 능력이 없다고 봤다'는 제목이 달려 있
었다.

딕 체니 미 부통령과 관련해서도 유사한 일이 있었다. 지난 4

년간 국립문서기록보관청 산하 정보안전감시국(ISOO)의 문서 보안 점검을 거부해온 사실이 드러난 후, 부통령실 예산 800만 달러가 전액 보류될 위기에 처했다. 다행히 미 상원 세출위원회는 15대 14, 한 표 차이로 부통령실 예산 집행 보류를 하지 않기로 했지만 그 파장은 만만치 않았다. 이 사건이 알려지면서 체니 부통령의 지지율은 28퍼센트로 떨어져 역대 부통령 중에서 최저 지지율을 기록한 댄 퀘일의 기록을 갈아 치웠다.

체니 부통령을 망신시킨 시발점은 다른 곳이 아니라 정부 기관인 ISOO의 문제 제기였다. ISOO는 체니 부통령이 2001년부터 2년간은 제대로 문서 감시를 받아오다가 2003년 초부터 정보 제공 요구를 거부하자 법무부에 이를 해결해줄 것을 요청했다.

미국에서 ISOO는 그렇게 힘 있는 기관이 아니다. 미국 정부의 다른 공무원들에게 이에 대해 물어봤을 때도 아는 사람은 거의 없었다. 말 그대로 정보 안전을 감시하는 단순한 역할을 하는 기관일 뿐이다. 그런 기관이 '역사상 가장 권한이 큰 부통령으로 한 번 이상 역사를 바꿨다(워싱턴 포스트)'라고 평가받는 체니 부통령을 '법대로' 다뤄줄 것을 건의한 것이다.

CIA 국장이 대통령의 생각과 반대되는 발언을 하고, 일개 정부 기관이 정권의 실력자에 대해 문제 있다고 하는 용기가 어디서 나오는지 알 수 없다.

불법 시위엔 의원도 예외 없다

한국 국회의 폭력은 금도를 넘은 지 오래다. 국회의원들이 법질서를 지키지 않은 채 불법 시위를 벌이는 것은 낯설지 않은 뉴스가 됐다. 2011년 한미 FTA 비준 동의안 통과 과정에서 민노당 의원은 최루탄을 터트리기도 했다. 미국에서라면 어림없는 일이다.

2009년 4월 미 연방 하원의 존 루이스 민주당 원내 수석 부대표를 비롯한 의원 다섯 명은 인권 운동가들과 함께 워싱턴의 수단 대사관 앞에서 수단 정부의 인권 탄압을 항의하는 시위를 벌였다. 이들은 수단의 오마르 알-바시르 대통령이 16개 국제 구호단체들에게 추방 명령을 내린 것을 비난하며 "오바마 대통령을 비롯해 전 세계 지도자들이 수단 정부를 상대로 압력을 강화해야 한다"라며 목소리를 높였다.

루이스 의원 등이 시위 도중에 집회 금지선(폴리스 라인)을 넘어 수단 대사관 쪽으로 더 다가갔다. 그러자 즉각 경찰이 이는 '불법 행위'라며 해산 명령을 내렸다. 의원들이 불응하자, 경찰관들은 별 망설임 없이 수갑을 꺼냈고 루이스 의원의 손을 허리 뒤로 모으게 한 후 수갑을 채워 경찰차에 태웠다. 짐 맥거번, 도나 에드워즈, 키이스 엘리슨, 린 울시 의원과 세 명의 민간단체 관계자도 수갑에 채워져 체포됐다. 경찰은 조사를 마치고 이들에게 100달러씩의 벌금을 물린 후, 오후 3시쯤 석방했다. 체포됐던 의원들 중 루이스 의원은 흑인 민권운동가 출신으로 민주당의 하원 원내 서열 10위 안에 드는 여당 실세다.

하지만 경찰의 '특별 대접'은 없었다. 의원들도 경찰의 체포에 반항하지 않았다. 미국 미디어도 다섯 명의 여당 의원들이 수갑을 찬 채 '불법 집회' 혐의로 체포된 것을 주요 기사로 다루지 않았다.

한국에서 국회의원들이 의사당에서 휘두르는 폭력이나, 불법 집회에 참석해 경찰에게 보이는 고압적인 행태와는 매우 대조적이었다. 그런데도 이런 상황이 미국에선 큰 뉴스거리도 안 된 배경에는 공권력 존중을 통해 질서를 유지하는 것에 대한 구성원들의 사회적 합의가 있다. 따라서 정해진 선을 벗어나면 곧 위법이고, 강력한 공권력의 행사가 있을 수밖에 없다. 미국인들도 경찰력 발동에 대해 때로는 '폭력적'이라고 사회 이슈화하기도 한다. 그러나 경찰의 공권력이 무너지는 순간, 사회적 혼란으로 인한 피해가 막대하다는 것을 안다. 워싱턴의 백악관과 의회 주변에서 매일같이 집회가 열려도 도심은 평온을 유지하는 이유다.

'거짓말' 외쳤다가 비난받은 의원

2009년 9월에도 비슷한 일이 있었다. 오바마 대통령이 의사당 본회의장에서 상·하원 합동 연설을 하고 있을 때였다. 오바마 대통령이 정부의 건강보험 개혁안이 불법 이민자에게는 적용되지 않을 것이라고 말하는 순간, 의원석에서 고함이 터져 나왔다.

"당신, 거짓말이야(You lie!)."

사우스캐롤라이나 주 출신의 공화당 소속 조 윌슨 하원의원이었다. 오바마 대통령은 잠시 그를 본 뒤 "그건 사실이 아니오"라며 말을 이었다. 값비싼 민간 건강보험에 가입하지 못한 4700만여 명의 미국인에게 모두 건강보험의 혜택을 받게 하려는 오바마 행정부의 개혁안은 정부가 운영하는 보험의 비효율성, 1조 달러의 추가 재정 적자 발생, 영세민·고령자에 대한 기존 연방 건강보험의 약화 가능성 등의 우려로 인해, 미국에서 큰 논란이 됐었다. 실제로 이날 오바마 대통령이 자신의 개혁안을 설명하는 동안에도 공화당 의석에선 간헐적으로 웅성거림이 있었다. 냉소하는 의원도 있었고, 루이스 고머트 하원의원은 '무슨 계획(What plan)?'이라고 쓴 종이를 흔들기도 했다.

그러나 대통령의 발언에 야당 의원이 손가락질하며 '거짓말한다'라고 소리친 순간, 일제히 민주·공화당 의석 전체에서 윌슨 의원을 비난하는 '우우' 소리가 쏟아졌다.

공화당 의원들은 매우 당혹해했다. 공화당의 미치 매코널 상원 대표는 "우리는 대통령을 존경심을 갖고 대해야 한다. (의사당에서) 그 밖의 다른 어떤 것도 모두 부적절하다"라고 질책했다.

대선에서 오바마 대통령과 경쟁했던 존 매케인 상원의원은 CNN 방송 인터뷰에서 "완전히 무례한 행동이었다. 그런 행동이 적합한 장소는 의사당뿐 아니라 어디에도 없다. 즉시 사과하라"라고 윌슨에게 요구했다. 소속 정당을 떠나 미 의원들 사이에선 대통령의 연설을 듣기로 해놓고 그의 권위를 인정하지 않고 고함을 쳐 연설을 방해한 윌슨 의원의 행동은 잘못됐다는 비판이 압도적이었다. 윌슨 의원은 이날 저녁 쏟아지는 여론의 뭇매 속에서 '나의 발언은 부적절했고 후회스럽다'는 사과 성명을 냈다. 대통령이 거짓말한다고 비판했던 조 윌슨 의원은 이후 정치적 위기에 직면했다. 언론은 경쟁적으로 윌슨 의원의 비리를 파헤치며 그에게 불리한 보도들을 쏟아내기 시작했다.

뉴스위크는 오바마 대통령의 공공 보험 도입에 반대하는 윌슨 의원이 정작 자신은 군인 건강보험의 혜택을 받고 있다는 내용을 폭로했다. 기사 제목이 '윌슨의 더러운 건강보험 선택'이다.

2003년 주 방위군 대령으로 예편한 윌슨 의원과 그의 네 아들은 모두 정부가 운영하는 군인 건강보험의 '공짜' 혜택을 받는 이중성을 보이고 있다는 것이다. 군인 건강보험 가입자들은 군 의료 기관은 물론 민간 의사들한테도 치료를 받을 수 있으며, 진료 비용도 국방부가 부담하기 때문에 미국 건강보험 중 최고로 평가받고 있다. 윌슨 의원은 또 의료 관련 단체들로부터 약 24만 달러(2억 9000만 원)를 기부받은 것으로 알려져 그가 대통령에게 고함친 동기가 순수하지 못하다는 비판이 나왔다.

국장 같은 케네디 장례식

지금은 미국 알링턴 국립묘지에 안장된 에드워드 케네디 상원의원을 처음 만난 것은 2008년 5월 초였다. 친분이 있는 6·25 전쟁 참전 용사의 소개로 기자와 악수를 한 케네디 의원은 선선히 인터뷰를 약속했다. 며칠 후, 그의 비서관으로부터 인터뷰와 관련한 사전 연락을 받았다. 박빙이었던 2008년 민주당 대통령 후보 경선의 추를 버락 오바마 후보로 기울게 한 정치인을 만난다는 생각에 약간 흥분됐던 기억이 난다. 왜 힐러리 클린턴 대신 흑인인 오바마 후보를 지지한다고 선언했는지 궁금했다. 당시 76세의 나이에도 '리버럴의 아이콘'으로 불리는 이유를 탐색할 계획이었다.

하지만 케네디 의원 인터뷰는 끝내 실현되지 못했다. 며칠 후인 5월 20일 기자는 '긴급 뉴스'를 통해 그가 뇌종양 판정을 받았다는 뉴스를 들었다. 그는 즉각 앞으로 15개월이 될 투병 생활에 들어갔다.

　케네디 의원을 다시 본 것은 그로부터 3개월 뒤인 2008년 8월 콜로라도 주 덴버에서였다. 사망하기 꼭 1년 전인 8월 25일, 민주당 전당대회 첫날 예상을 깨고 등장한 그는 이렇게 '예언'했다. "우리 주변엔 새로운 변화의 물결이 있습니다. 11월 대선에서 횃불은 새로운 세대의 미국인들에게 전달될 것입니다." 그의 연설대로 오바마 후보는 '미국 역사상 첫 흑인 대통령'이 돼 미국의 진로를 바꾸기 위한 대작업에 착수했다.

　오바마 행정부의 주춧돌을 놓은 그의 장례식은 마치 국장처럼 치러졌다. 그의 시신이 옮겨지는 보스턴 거리에는 숱한 시민들이 성조기를 흔들며 작별 인사를 했다. 미국의 언론은 4, 5일간 그의

사망과 관련한 특집 기사, 특별 방송을 만들어 추모 분위기를 만들었다.

그의 죽음이 미 국민들 대다수의 추모를 받은 것은 그가 오바마 대통령과 가깝기 때문이 아니다. 많은 미국인들은 그가 47년 동안 의정 활동을 하면서 자신들의 실생활에 도움을 주는 입법 활동에 전념했다고 평가한다. 록히드 마틴사가 '케네디 의원은 모든 미국의 삶에 실질적으로 영향을 미쳐온 입법체를 건설했다'라고 애도하는 전면 광고를 신문에 게재한 것은 상징적이다.

과연 케네디 의원은 얼마나 입법에 정열적이었을까. 그는 2500개의 법안 발의에 깊이 관여했다. 매주 1개씩 제안되는 법안에는 그의 이름이 포함돼 있었다. 이 중에서 550개의 법안이 실제로 만들어져 미국 사회에 영향을 미쳤다는 것이 뉴욕 타임스의 평가다. 1960년대 공공장소에서 흑백 차별을 금지한 민권법과 '이중언어 교육법'에는 진보적인 그의 신념이 투영돼 있다.

1969년 '전(全) 국민 건강보험'이라는 개념이 생소할 때 이를 들고 나와 건강보험 개혁의 촉매제가 됐다. 어린이 건강보험을 만들어 700만 명이 혜택을 보게 한 것도 그였다. 앞으로도 그가 만든 법에 의해 400만 명의 소년 소녀가 무(無)보험의 고통에서 벗어나게 된다. 존 케리 상원의원이 "케네디가 아니었다면 아직도 18번째 생일이 지난 남녀가 투표를 못 하고 있을지 모른다"라고 말한 것처럼 투표 연령을 낮추는 데도 기여했다.

그는 법을 만들 때 민주당의 입장만을 고집한 것은 아니었다. 미국의 낙후된 교육 시스템을 개선하고 고른 교육 기회를 갖게 하는 '낙오방지법(No Child left behind)'은 그가 주도해서 초당적으로 만들어진 법이다.

한국의 전·현직 의원들이 사망하면 관례처럼 신문에 부음이 실린다. 대부분은 '몇 대 국회의원을 지냈다'는 형식이다. 다르게 얘기하면 그만큼 내세울 만한 입법 실적이 없다는 것이 아닐까.

케네디 의원의 사망이 한국의 정치인들에게는 자신의 사망 기사가 어떻게 쓰여질지에 좀 더 고민을 하는 계기가 됐으면 하는 바람을 가졌다.

키신저와 라이스의 공직 참여

헨리 키신저 전 미 국무장관은 정부에서 일하기를 희망하는 한국의 대학교수들이 가장 선망하는 경력을 가졌다. 키신저는 1969년 하버드대 교수 신분에서 곧장 리처드 닉슨 대통령의 국가안보 보좌관이 됐다. 이어 1973년에는 국무장관까지 겸직했다. 한국식으로 해석하면 명문대 교수-수석비서관-장관의 출세 코스를 달린 것이다.

그러나 키신저의 사례는 40여 년 전의 일이다. 미국 역사에서도 손꼽을 정도로 희귀하다. 그보다는 대학에 재직하다가 공직을 실무부터 차례로 밟아 19년 만에 국무장관이 된 콘돌리자 라이스가 표준 사례에 훨씬 더 가깝다.

라이스 장관은 스탠퍼드대 조교수로 있던 1986년 합동 참모본부의 자문관으로 행정부와 인연을 맺었다. 이어 1989년부터 2년간 '아버지 부시 행정부' 당시 국가안전보장회의의 소련 및 동구권 담당 보좌관(국장급)으로 활동했다. 이때 능력을 검증받은 라이스는 '아들 부시 행정부'에서 국가안전보장회의의 국가안보 보좌관을 거쳐 2005년 국무장관으로 기용됐다.

클린턴 행정부에서 1999년부터 2001년까지 재무장관을 지낸 래리 서머스 전 하버드대 총장도 비슷한 사례다. 그는 28세에 하버드대의 정년을 보장받을 정도로 우수한 교수였다. 그런 서머스도 1991년부터 2년간 세계은행에서 근무하고 미 재무부에서 여러 보직을 거친 후에야 장관직에 올랐다.

미국의 중진 교수들은 국장 또는 차관보급에 기용된 후 능력을 인정받으면 대학 또는 씽크탱크 같은 '회전문'을 거친 후 장관급으로 임용된다. 이 때문에 공직에 뜻이 있는 교수들은 미래를 준비한다는 마음으로 국장·차관보 제의를 받아들여 실력을 발휘하고 경험을 쌓는다.

오바마 행정부에 국방부 부장관으로 기용된 이는 하버드대 케네디 행정대학원의 애시턴 카터 교수다. 그는 '로즈 장학생'으로 옥스퍼드대에 유학했고 손꼽히는 대량살상무기 확산 방지 정책의 전문가지만 1993년 국방부 차관보 제의를 받아들였다.

카터 교수는 내가 케네디 행정대학원에 다닐 때 지도 교수였다. 그는 수업 시간 외에도 북한과 관련된 사안에 대해서 토론하기를 즐겼다. 나는 그의 자택도 여러 차례 방문했었다. 그는 자신이 국방부 차관보를 맡았던 경험을 소중하게 생각했다. 결코 자신이 곧장 장관으로 임명되지 않은 것에 대해 아쉬워하지 않았다. 그 후, 윌리엄 페리 전 국방장관과 함께 대량살상무기 관련 정책을 마련해온 그는 오바마 행정부에서 국방부 부장관으로 발탁됐다.

한국에 소프트 파워와 하드 파워를 결합한 '스마트 파워'론으로 잘 알려진 조셉 나이 하버드대 교수의 공직 최고 경력도 장관이 아니라 국방부 차관보다.

교수를 곧장 장관급에 발탁하지 않는 미국의 풍토는 교수의 학문적 업적보다 현실 경험을 중시하는 분위기와 관계가 있다. 얼마나 뛰어난 논문을 썼느냐도 중요하지만 그것이 어떻게 현실에 적용됐느냐가 중요하다는 것이다.

한국의 대통령들이 젊은 시절부터 자신의 전공을 파고들어 그 분야에서 명성을 쌓은 교수들을 정부에 데려다 쓰는 데 반대하지 않는다. 다만 공직에 뜻이 있는 교수라면 중앙 부처의 과장, 국장급 직위에서 실무 경험을 쌓아 올라가는 풍토가 만들어져야 하지 않을까. 아울러 강단(講壇)의 실력자가 반드시 현실 문제 해결의 적임자로 동일시될 수 없다는 점에서 다른 분야에서 준비된 인재를 골라 쓰는 노력도 소홀히 해선 곤란하다.

우리에게 찰리 윌슨, 리처드 루가는 없나

미국에서 생활하면서 한국보다는 훨씬 더 많은 영화를 즐겨 보았다. 영화 관람은 짧은 시간에 미국의 최근 문화를 알 수 있는 효과적인 취미 중 하나였다. 특히 미국의 정치 상황을 알 수 있는 정치 관련 영화를 많이 보았다. 그중의 하나가 2007년에 주목받았던 '찰리 윌슨의 전쟁'이었다. 이 영화의 주인공은 77세로 사망한 찰리 윌슨 전 미 연방 하원의원이다. 이 영화는 2003년 출간된 책이 모태가 됐다.

그 책에는 '역사상 가장 은밀한 작전에 대한 놀라운 이야기'라는 부제가 붙어 있다. 책과 영화는 그가 보여준 용기에 주목했다.

1980년 찰리 윌슨은 텍사스 주 출신의 민주당 하원의원이었다. 그는 언론 보도를 통해 소련의 아프가니스탄 침공에 관심을 갖게 됐다. 수십만 난민이 발생한 아프가니스탄 사태를 찬찬히 살펴봤다. 이를 수수방관하는 미국의 태도가 옳지 않다는 판단을 내렸다.

당시 그는 하원 세출위원회 국방분과 소속이었다. 당장 CIA에 아프가니스탄 관련 예산을 두 배로 늘리라고 요구했다. 1983년에는 이 예산을 4000만 달러로 증액시키는 데 앞장섰다. 이 중에서 1700만 달러는 소련이 아프가니스탄을 침공할 때 사용한 MI-24 헬리콥터를 격추시키는 데 사용하라고 주장했다.

1984년 미 국방부에는 불용 예산 3억 달러가 있었다. 이를 아프가니스탄 작전에 사용하도록 한 것도 윌슨 의원이었다. "만약 아프가니스탄 국민들이 돌멩이만을 가지고 소련에 맞서도록 한다면 우리는 역사의 저주를 받을 것이다." 그가 행정부와 동료 의원들을 설득할 때 자주 쓰던 말이다. 그 결과 미국의 아프가니스탄에 대한 개입이 본격화됐다. 1988년에는 소련군의 철수가 시작됐다.

공화당이 집권할 때마다 국무장관으로 거론되는 리처드 루가

의원. 그는 1980년대 미 상원의 외교위원장이었다. 그가 1986년의 필리핀 총선을 앞두고 마닐라를 방문했다. 필리핀 방문 기간 중 분위기가 심상치 않은 것을 느꼈다.

페르디난도 마르코스 필리핀 대통령의 독재 통치가 생각보다 더 심각했다. 마르코스 정권을 지지하는 미국에 대한 반감도 커지고 있었다.

당시 로널드 레이건 행정부는 마르코스 독재의 문제점을 잘 알고 있었다. 하지만 관계 변화를 염두에 두고 있지 않았다. 주필리핀 미국 대사를 지낸 윌리엄 설리반 등은 미국이 입장을 바꾸면 필리핀이 반군 세력에게 장악될 수 있다고 우려했다.

루가 위원장은 귀국 후 즉각 레이건 행정부의 고위 관계자들을 만났다. 마르코스 정권과의 관계에 더 이상 집착하지 말라고 조언했다. 기회가 있을 때마다 언론과 인터뷰를 가졌다. 필리핀 민주화에 대한 미국의 지지 필요성을 역설했다. 루가 위원장의 노력으로 그에게 동조하는 의원들이 늘어갔다. 결국 레이건 대통령은 마르코스 대통령의 탈법적 선거 운동을 경고했다. 루가 의원의 노력은 1986년 2월 마르코스 대통령의 축출로 이어졌다. 곧 이어 코라손 아키노 여사가 대통령 관저인 말라카낭궁에 입성하기에 이르렀다.

국민의 손에 의해 선출된 의원 한 명이 얼마든지 역사를 바꾸는 일을 할 수 있음을 상기시키는 사례들이다.

한국 국회의원의 역할이 미국 연방 의원의 그것보다 결코 작지 않다. 오히려 할 일이 훨씬 더 많을지도 모른다. 무기력증에 빠진 채 건설적인 토론 없이 각 파벌의 '보스'가 세운 방침만 좇아가는 의원들을 목격하는 것은 안타깝다. 찰리 윌슨과 리처드 루가 같은 의원을 한국에서도 만나볼 수 있기를 바란다.

'피노키오'가 된 힐러리

워싱턴 포스트는 2008년 대통령 선거 당시 흥미로운 시도를 했다. 이 신문은 미국 대통령 선거를 보도하면서 후보자들의 중요 발언을 검증, 거짓말의 정도에 따라 피노키오 마크를 한 개에서 네 개까지 매겼다. 정치부 기자를 오래한 까닭에 이 신문의 시도를 흥미롭게 지켜봤다.

이 신문은 힐러리 클린턴 국무장관에게 피노키오 마크를 네 개나 매긴 적이 있다. 그동안 검증 대상 후보들이 대부분 세 개 이하의 피노키오 마크를 받은 것에 비하면 클린턴 의원에겐 적지 않은 타격이다.

클린턴 의원이 '거짓말쟁이'가 된 사연은 이렇다. 그는 2008년 초 조지 메이슨대 연설 도중 자신이 과거에 암살 위협을 받은 적이 있다고 했다. "(1996년 3월) 암살자의 총격 속에 공항에 착륙한 것을 기억하고 있다. 공항에서 환영 행사가 있을 예정이었지만 우리는 미군 캠프로 가기 위해 차에 올라타려고 그저 머리를 숙이고 달렸다."

오바마 후보에게 뒤지고 있던 클린턴 의원이 자신의 경험을 강조하기 위해 위험을 무릅쓰고 보스니아의 투즐라를 방문한 것을

언급한 것이다. 그러자 워싱턴 포스트는 12년 전 대통령 부인이었던 클린턴 의원의 보스니아 방문과 관련된 뉴스를 백 개나 샅샅이 뒤졌다. 또 당시 클린턴 의원의 공항 도착 사진, 텔레비전 화면을 모두 검증한 뒤 이 발언이 사실과 다르다고 판정했다. 클린턴 의원은 이를 모른 척하다가 파문이 갈수록 커질 조짐을 보이자 결국 '내 발언이 잘못됐다'라며 사실상 사과를 해야 했다.

이에 앞서 미국의 국립문서기록보관청, 빌 클린턴 전 대통령 기념 도서관은 클린턴 의원의 백악관 일정을 모두 공개했다. 언론과 민간단체의 정보 공개 소송으로 '선출되지 않은 최대 권력자'라는 미국 대통령 부인이 백악관에서 보낸 2888일의 일정이 세상에 드러났다.

1만 1046쪽에 이르는 이 기록은 10분, 15분 단위로 기록돼 있는 것도 적지 않다. '4시 15분 방과 후 학교 활동 지역 방문, 4시 25분 윌슨 초등학교 교실 도착'이라고 기록된 것이 있을 정도다. 뉴욕 타임스를 비롯한 미 언론은 이를 분석한 후 '클린턴 의원이 대통령 부인으로 활동하면서 중요한 국정 경험을 쌓았다고 했지만 그렇게 볼 만한 증거가 별로 없다'라고 보도했다.

그러면서도 미 언론은 이렇게 공개된 문서에 대해 만족하지 않은 기색이었다. 이 문서의 일부 내용이 지워져 있었기 때문이다. 또 클린턴 의원이 상원의원에 출마하던 2000년의 일정은 모호하게 '사적인 모임'이라고만 돼 있는 것이 적지 않았다. 이에 대해 '대통령 부인에게 사생활이 있느냐'라고 비판했다.

미국의 언론은 대통령 부인 시절의 활동을 무심결에 과장했을지 모르는 클린턴 의원에 대해 가차 없이 '거짓말쟁이'라는 딱지를 붙였다. 또 길게는 15년 전인 1993년의 백악관 기록까지 뒤져서 내용이 부실하다는 평가를 내렸다. 이 모두가 대통령 부인을 공인으로 엄격하게 간주하고 있음을 보여주는 사례다.

대통령은 물론 대통령 부인 역시 사생활이 없다는 명제를 당연히 받아들이는 나라가 있다는 사실을 기억하는 것은 한국에도

도움이 될 것 같다. 대통령 부인의 행적과 관련한 보도와 기록이
십수 년 후 그녀의 발목을 잡을 정도로 많다는 사실도 기록 문화가
부실한 한국으로선 참고할 만하다.

{ 정적도 예우하는 정치 }

오바마와 힐러리, 이명박과 박근혜

미국 민주당 대통령 후보 경선에서 격돌했던 버락 오바마 상원의원과 힐러리 클린턴 상원의원은 물과 기름이었다. 두 사람은 같은 당 소속인지 의심될 정도로 서로를 극렬하게 비난해왔다. '오바마, 당신은 부끄러운 줄 알아야 한다', '클린턴의 발언은 어리석은 것'이라는 말이 두 사람의 입에서 서슴없이 나왔다.

클린턴은 오바마의 선거 구호인 '우리가 믿을 수 있는 변화(Change we can believe in)'를 '당신이 복제할 수 있는 변화(Change you can xerox)'라고 비꼬았다. 오바마는 그런 클린턴을 조지 W. 부시 대통령에 비유하고 '정치적 기회주의자'로 비판했다.

두 캠프의 비난전이 격화되면서 빌 클린턴 전 대통령이 오바마를 비판하고, 오바마 측에선 '그의 행동은 모니카의 드레스에 남긴 얼룩(stain 여기서는 클린턴 전 대통령의 정액을 의미)보다 더 크고 좋지 않은 얼룩이 될 것'이라는 비방이 나올 정도였다.

이 때문에 워싱턴의 정가에서는 경선 후에도 오바마와 클린턴이 절대 화해하지 못할 것이라는 전망이 많았다. 일부 클린턴 지지자들은 클린턴의 패배가 확실시되면서부터 '차라리 공화당의 존 매케인 상원의원을 지지할 것'이라고 발표하기도 했다.

하지만 클린턴이 경선 패배를 인정하고 오바마 지지를 공식 선언하면서 모든 것이 달라지기 시작했다. 오바마와 클린턴은 뉴햄프셔 주의 유니티 시에서 공동 유세를 갖고 대선 승리를 다짐했다. '화합'을 뜻하는 이름을 가진 도시의 유세장에 팔짱을 끼고 나타난 두 사람은 시종 미소를 띤 채, 어깨를 감싸고 포용하고 귓속말을 주고받는 모습을 가능한 한 길게 언론에 노출시켰다. 또 오바마는 당선 직후에 클린턴을 국무장관에 임명, 그에게 미국의 외교를 이끌고 나가도록 했다.

이후 오바마가 클린턴을 칭찬하고, 클린턴이 오바마 지지를 당부하는 것은 이젠 뉴스거리도 되지 않을 정도로 일상사가 됐다. 바로 이것이 오바마 외교 정책의 성공 요인이라는 평가도 나올 정도다.

오바마와 클린턴의 변신을 가장 유심히 봤어야 할 정치인은 이명박 대통령과 박근혜 전 새누리당(옛 한나라당) 대표였다. 한나라당 대통령 후보 경선에서 대결했던 이 대통령과 박 전 대표는 오바마-클린턴과는 달리 경선이 끝난 후에도 화해하지 못했다. 결국 정부와 새누리당이 불신을 받는 배경에는 바로 두 사람 간의 불화가 근원이 됐다. 두 사람의 불화는 개인적인 차원을 넘어서 10년 만에 정권을 되찾은 보수 세력의 균열을 심화한다는 점에서 우려하는 시각이 많았지만 달라지지 않았다.

오바마와 클린턴 간의 갈등은 이 대통령과 박 전 대표 간의 대립보다 결코 가볍지 않았다. 경선 시작 전까지 지지율 10퍼센트 포인트 이상으로 앞서고 있던 클린턴의 입장에서는 '정치 애송이'에 불과한 오바마에게 패배한 것이 얼마나 속상했겠는가. 또 경선에서 승리한 오바마는 '내가 승자인데 굳이 클린턴에게 먼저 머리를 굽힐 필요가 있느냐'라고 생각했을 수 있다.

그럼에도 불구하고 오바마와 클린턴이 화합하는 모습을 보이는 것은 이 길만이 상생하고 당의 정권 회복에 기여한다는 것을 알기 때문이다.

오바마와 클린턴의 현명한 선택을 이명박과 박근혜는 더 주의 깊게 봤어야 했다. 그랬더라면 한나라당의 명칭이 새누리당이라는 어색한 이름으로 바뀌는 상황을 모면했을지도 모른다.

적진에서의 전당대회

2008년 전 세계의 이목을 집중시킨 미국 민주당과 공화당의 전당대회에는 숨은 코드가 있었다. 바로 '적진'에서 열렸다는 것이다.

공화당 전당대회가 개최된 미네소타 주의 경우, 2000년과 2004년 연속 민주당의 대통령 후보가 공화당의 조지 W. 부시 후보를 각각 47대 45, 51대 47퍼센트로 이겼다. 이에 비해 민주당 전당대회가 열린 콜로라도 주는 부시 후보가 민주당 후보에게 2000년 51대 42, 2004년 52대 47퍼센트로 승리했다.

민주당과 공화당은 취약 지역에서 바람을 불러일으키기 위해 2년 전부터 전당대회 장소를 각각 콜로라도 주의 덴버와 미네소타 주의 쌍둥이 도시 미니애폴리스-세인트폴로 선정했다.

공화당은 전당대회 장소가 결정된 후부터 100여 명의 전당대회 전담 요원을 보내 행사를 준비하며 지역 주민들과 호흡을 맞춰 왔다. 전당대회 개최에 따른 미니애폴리스-세인트폴 지역에 대한 경제 효과를 약 1억 5000만 달러(1694억 원)로 추산하며 전당대회가 지역 경제에 기여할 것임을 강조했다.

민주당도 마찬가지다. 콜로라도 주에서 전당대회 자원봉사를 희망하는 지원자를 2만 1000명 확보해서 분위기를 띄웠다. 또 당의 지도부를 수시로 내려보내고 지역 발전 현안을 청취하며 관심을 표명했다.

미 대통령 선거에서 상대방이 우세한 지역에서 열세를 만회하기 위해 일찌감치 전당대회 개최지를 선정하고 홍보에 나선 것은 그 자체만으로도 의미가 있다고 생각한다.

미국과는 달리 우리나라는 반드시 주요 정당의 전당대회를 서울에서 개최하는 것이 불문율처럼 돼 있다.

처음으로 여야가 '국민 경선'을 도입했던 2002년에도 마지막 경선을 치러서 대통령 후보를 선출한 장소는 서울이었다. 대선을 앞두고 서울을 벗어나서 전당대회를 개최한 주요 정당은 없다. 민주당의 전당대회장도 주로 서울의 올림픽 체조 경기장이었다.

여야는 미국 정당의 전당대회를 참고해서 고정관념을 바꿔보는 것도 생각해볼 수 있다. 2007년 17대 대통령 선거 당시 한나라당이 광주에서 얻은 득표율은 10퍼센트 안팎이었다. 민주당도 부산에서 기대에 못 미치는 결과를 얻었다. 다음부터는 새누리당은 광주에서, 민주당은 부산에서 전당대회를 개최한다고 발표하면 어떨까. 당장 여야가 적진이나 마찬가지인 지역에서 대통령 후보를 뽑는 전당대회를 개최한다는 것만으로도 지역 주민들의 관심을 모을 수 있다.

프로그램을 어떻게 마련하느냐에 따라 지역 경제에 영향을 미치고 정치 문화를 한 단계 업그레이드시킬 수도 있을 것이다. 부러운 눈으로 바라보게 되는 미국의 양당 전당대회는 당의 기반이 강

하기에 가능한 것이지만 거꾸로 전당대회를 통해서 당의 토대가
튼튼해지기도 한다.

정적의 이름을 딴 CIA 청사

우리 가족이 살던 버지니아 주 매클레인 지역은 랭리와 인접해 있
다. 4년 가까이 특파원 생활을 하는 동안 매일 출퇴근을 하면서 하
루에 두 차례씩 랭리 마을을 통과해야 했다. 이때마다 부러운 마음
으로 봤던 간판이 하나 있다.

첩보 영화를 자주 보는 이들은 '랭리'라는 지명에서 쉽게 눈치
챘듯이 이곳엔 CIA가 자리 잡고 있다. 그런데 4차선 도로의 양쪽
길옆에 위치한 가로세로 1.5미터의 안내 표지판엔 단순히 CIA만
표기돼 있는 것이 아니다. '조지 부시 정보 청사 CIA'라는 글씨가
선명하게 박혀 있다.

미 정부는 1999년 4월 26일, 1970년대 중반 CIA 국장을 지낸
조지 H. W. 부시 전 대통령을 기념하기 위해 CIA 청사에 부시 전
대통령의 이름을 붙였다.

1991년 미 대통령 선거에서 부시 전 대통령의 정적이었던 빌
클린턴 당시 대통령이 최종 승인해서 이뤄진 일이다.

한국적 상식으로는 잘 이해되지 않는 이런 일이 어떻게 가능
했을까. CIA 청사와 관련된 자료들을 모두 뒤진 후, 그 실마리를
클린턴 전 대통령의 '조지 부시 정보 청사' 명명식 기념사에서 찾

을 수 있었다. "부시 전 대통령은 많은 사람들이 CIA가 과연 존속해야 되는지에 대해서 회의적일 때 국가 안보를 위한 정보의 가치를 공개적으로 강조하면서 CIA 국장으로서 사기와 규율을 회복했습니다."

1970년대 중반 CIA는 일련의 불법 활동 때문에 미 상원의 조사를 받게 되고 존재 의의가 약해졌다. 이때 부시 전 대통령이 CIA의 수장이 돼 정보기관으로서 현재의 기틀을 잡았다고 평가한 것이다.

당적이 다른 후임자에 의해 직전 대통령의 이름이 들어간 정보기관 청사가 명명되고 안내 표지판이 도로변에 당당하게 서 있는 것은 CIA의 자신감을 상징한다.

CIA라고 부끄러운 과거가 없었던 것은 아니다. 정권을 위해 온갖 불법 행위를 저지르고 지탄을 받은 사실이 분명히 있었다.

최근에도 2001년 9·11 테러를 자행한 알카에다의 테러 용의자들에게 '워터보딩(waterboarding)'으로 통칭되는 물고문을 자행한 데 대한 논란이 있다.

하지만 CIA 국장이 '정권의 하수인' 역할을 하며 CIA의 존재 자체가 정치 쟁점화되는 경우는 거의 사라졌다. 오히려 마이클 헤이든 당시 CIA 국장은 이라크 상황에 대해 조지 W. 부시 대통령과 상반된 평가를 내리기도 했다.

CIA가 미국의 안보를 지킨다는 이미지 때문에 미국의 각 대학에서 안보 전문가가 되고 싶은 우수 인력들은 앞 다투어 CIA의 문을 두드리고 있다.

워싱턴의 씽크탱크인 헤리티지 재단에서 근무하는 동북아시아 전문가 브루스 클링너는 한반도 문제에 정통한 전문가다. 내가 부임 직후 그를 처음 만났을 때 자신이 CIA에 근무했음을 스스럼없이 밝혔다. 그는 CIA 출신이라는 데 자부심이 넘쳤다. 현재도 전문 지식을 활용해 씽크탱크에서 활발한 활동을 하고 있다.

한국에선 국정원장직을 물러난 후에도 구설이 끊이지 않았던 K 씨가 있었다. 그는 1993년부터 1996년까지 워싱턴의 주미 한국 대사관에 근무했었다. 그러나 그는 CIA가 변신하는 모습은 제대로 파악하지 못한 채 자신의 경력에 '워싱턴 근무'라는 이력만 남긴 것이 아닐까 하는 생각이 들었다.

부시의 헌신을 평가한 오바마

버락 오바마 대통령과 조지 W. 부시 전 대통령은 그렇게 좋은 사이는 아니었다. 당적도 달랐을 뿐만 아니라 공통점도 거의 없었다. 하지만 두 사람은 미국의 위신을 지키는 데 대해서는 협력했다. 2010년 9월 31일 백악관의 오벌 오피스 연설을 통해 이라크에서의 미군 전투 임무가 종료되었음을 공식 선언한 버락 오바마 대통령은 자신의 전임자를 비난하지 않았다.

"나와 조지 W. 부시 대통령이 이라크 전쟁에 대해서 처음부터 견해가 달랐다는 것은 널리 알려져 있습니다. 하지만 누구도 부시 대통령이 했던 우리 군에 대한 지원과 그의 조국에 대한 사랑과 안보에 대한 헌신을 의심할 수는 없습니다."

오바마 대통령은 이라크전에 초지일관 반대하고 2003년 3월 이라크를 침공한 부시 전 대통령을 싫어했지만 이날 연설에서는 통합을 강조했다.

"내가 말했듯이 이라크 전쟁을 지지했던 애국자들이 있고, 이를 반대했던 애국자들이 있습니다. 우리는 모두 우리의 남성·여성 군인들에 대한 감사와 이라크의 미래에 대한 희망으로 하나가 됐습니다."

물론 오바마 대통령이 이라크전으로 인한 손실을 언급하지 않은 것은 아니다. 그는 "이라크의 미래를 이라크 국민의 손에 넘겨주기까지 우리는 막대한 비용을 지불했다"며 "이제는 (역사의) 페이지를 넘겨야 할 때며 국내에서 우리나라를 재건해야 한다"라고 했다. 그러면서도 "우리가 가진 민주주의의 위대함은 앞에 놓인 많은 도전에 직면할 때, 서로의 다름을 뛰어넘고 경험에서 배우는 우리의 능력에 기초하고 있다"며 '협력'을 강조했다.

오바마 대통령은 연설 전에 부시 전 대통령과의 전화 통화에서 이라크전 전투 종료를 선언하게 된 배경을 설명하는 성의를 보이기도 했다. 짙은 빨간색 넥타이를 맨 오바마 대통령은 신중한 표정으로 "미국은 앞으로도 계속 이라크의 강력한 동반자가 될 것이며 우리의 전투 임무는 종료되지만 이라크의 미래를 위한 미국의 헌신은 끝나지 않았다"라고 했다. 하지만 "이제 이라크 국민이 자기 나라의 안보에 대한 책임을 주도해야 한다"라고 말해 앞으로 남은 5만 명의 미군은 군경 훈련 및 지원에 초점을 맞출 것임을 분명

히 했다. 오바마 대통령은 이라크전에 강력히 반대했던 정치인이
다. 그럼에도 통합을 강조하며 부시 대통령의 위신을 세워준 것은
기억할 만하다.

부시의 클린턴 닮아가기

워싱턴 부임 기간에 처음으로 접한 대통령은 공화당의 조지 W. 부
시 대통령이었다. 그는 전임 빌 클린턴 대통령과 달라도 너무 달랐
다. 백인 귀족 가문에서 태어난 부시와 아버지 얼굴도 모르는 유복
자로 자라야 했던 클린턴은 전혀 닮은 점이 없었다.

그런 부시 대통령이 임기 말에 '전임자인 빌 클린턴을 닮았다'
는 말을 듣게 되리라고 상상이나 했을까. 부시 대통령이 취임 후
추진한 정책은 ABC 정책으로 요약돼 언론에 회자됐었다. '클린턴
대통령과 정반대(Anything but Clinton)'의 정책을 추진한다는 것이
었다.

하지만 임기 말의 부시 대통령의 정책은 ABC 정책의 폐기는
물론 자꾸만 클린턴 전 대통령을 떠올리게 했다.

미 매릴랜드 주의 해군사관학교에서 개최된 중동평화회의는
그 대표적인 케이스다. 부시 대통령은 클린턴 행정부와는 달리 이
스라엘-팔레스타인 문제에 대해 큰 관심을 기울이지 않았다. 이라
크를 중동 문제의 최우선 과제로 생각했기에 이 문제는 중요한 관
심사가 아니었다.

　이스라엘의 에후드 올메르트 총리와 팔레스타인 자치 정부의 마흐무드 압바스 수반의 손을 동시에 잡아 쥔 부시 대통령의 모습은 7년 전 클린턴 전 대통령을 연상시키기에 충분했다. 클린턴 전 대통령은 2000년 노벨 평화상을 겨냥해 가장 핵심적인 외교 의제를 중동 평화 협상으로 삼았다. 그는 백악관에서 물러날 때까지 중동 평화 협상에 매달리며 그의 명운을 걸다시피 했다. 부시 대통령은 이스라엘과 팔레스타인을 순차적으로 방문하면서 임기 말까지 가시적인 성과를 내놓겠다고 호언장담했다.

　부시 행정부가 북한의 핵실험 후 백팔십도 입장을 바꾼 대북 정책은 클린턴 대통령이 추진한 '페리 프로세스'를 닮아갔다. 부시 행정부 초기에는 대북 강경파였던 존 볼턴 전 유엔 주재 대사가 극심하게 비판할 정도로 북한과의 협상에 적극적으로 나섰다. 클린턴 전 대통령처럼 김정일 북한 국방위원장을 '친애하는 위원장'이라고 부르며 정중하게 친서를 보내기도 했다.

　국내적으로는 부시 대통령이 임기 말에 들어서면서 클린턴 전 대통령처럼 생활형 정치를 강조하고 있다는 분석도 나왔다. 미 언론은 임기 말의 부시 대통령이 이라크 문제 같은 거대 담론보다는 비행기 출발 시간 지연 축소, 주택 담보 금리 인하를 비롯한 생활 밀착형 의제에 초점을 맞추고 있다고 보도했다.

　이렇듯 부시 대통령의 임기 말 정책은 모든 것이 수정되는 모양새였다. 백악관 주변에서 그를 보좌했던 이들이 하나둘씩 곁을 떠나 보좌진을 충원하기 어렵다는 말도 나왔다.

　부시 대통령은 선과 악이 복잡하게 얽힌 국제정치를 '좋은 나라'와 '나쁜 국가'로 단순화한 후 아집에 가까운 정책을 펼쳐 우방 국의 지지를 잃었다. 2006년 중간선거 패배 전까지는 국내 정치에서도 상대방을 인정하고 타협하기보다는 '힘의 정치'를 해오다가 국민의 신뢰를 잃었다. 국민의 뜻에 부응하지 못하는 고집스런 정책을 수행해오다가 결국 임기 말에 정책을 전환함으로써 자신이 그토록 싫어하던 정적과 비슷하다는 평가를 받게 된 것이다.

대통령이 될 꿈에 부풀어 있는 한국의 대통령 후보들이 한 번쯤은 참고해볼 만한 미국 대통령 이야기다.

야구장의 대통령 경주

미국 프로야구 워싱턴 내셔널스의 홈경기를 관람하러 갈 때마다 기다려지는 행사가 있다. 역대 미국 대통령 네 명의 달리기 경주다. 조지 워싱턴, 시어도어 루스벨트, 에이브러햄 링컨, 토머스 제퍼슨. 유명 대통령의 모습으로 캐릭터 분장을 한 이들이 내셔널스의 경기 중간에 등장하면 관중석에 환호성이 터진다.

이들이 우스꽝스런 모습으로 달리기 경주를 할 때 관중석에서는 어린이들을 중심으로 응원전이 벌어진다. 애칭 '테디'로 불리는 루스벨트가 2009년 중반까지 한 번도 일등을 못 하자 '테디가 이기게 해주세요'라는 구호가 나오기도 했다.

미국의 전임 대통령들은 프로야구 경기의 흥을 돋우는 캐릭터 인물로 선정될 만큼 미국인들에게는 친근하다. 라디오에는 역대 대통령을 소재로 각종 퀴즈를 내는 프로그램도 적지 않다. 대통령들의 활동을 이런 저런 각도에서 분석한 책이 끊임없이 출간될 정도로 주목받는 대상이기도 하다.

텍사스 주로 돌아간 조지 W. 부시 전 대통령도 이 대열에 합류했다. 부시 전 대통령은 『결정의 순간들』이라는 회고록을 출간하는 대가로 약 1500만 달러를 받았다고 미국 언론이 보도했다. 그는 이 회고록에서 자신의 삶을 시간순으로 나열하지 않고 자신이 내린 주요 결정 열 가지에 초점을 맞춰서 집필해 관심을 끌었다.

이에 앞서 빌 클린턴 전 대통령도 화제에 올랐다. 그는 부인 힐러리가 2008년 대통령 후보 경선에 나서자 2001년 퇴임 후부터 총 1억 900만 달러의 수입을 올렸다고 공개했다. 강연으로 5190만 달러, 인세로 4010만 달러를 벌어들였다고 발표했다. 또 같은 기간에 3380만 달러를 세금으로 냈음을 밝혔다.

미국의 전직 대통령들은 자신이 취한 정책 때문에 비판의 대상이 되기는 하나 본인과 측근들의 뇌물 수수 혐의로 문제가 된 적은 거의 없다. 재임 기간에는 청빈하게 일하고 퇴임 후에는 강연과 연설을 통해 합법적으로 돈을 버는 문화가 자리 잡은 덕분이다.

대통령 주변의 측근들도 공직을 명예로 여겨 최소한 재임 중에 돈 문제로 말썽을 일으키지는 않는다. 백악관과 행정부에 근무하는 동안 우직하게 일하다가 여의치 않으면 사임하는 것이 일반적이다.

2007년 8월 사표를 낸 부시 전 행정부의 토니 스노 백악관 대변인이 대표적인 경우다. 그는 대변인 직을 그만두는 이유로 연봉

만으로는 자신의 세 자녀를 부양하기 어려웠다고 공개적으로 밝혔다. 최강대국의 대통령과 수시로 대면하는 자리에 있었기에 한국 정치인들처럼 얼마든지 돈을 '빌릴 수' 있었을 텐데 그렇게 하지 않았다. 그의 양심이 허용하지 않았는지, 미국의 정치 시스템이 그런 것을 못 하게 막았는지는 알 수 없다. 스노는 사임한 지 1년도 채 못 돼 결장암으로 사망했다.

대변인으로서 그에 대한 평가는 엇갈린다. 하지만 백악관과 미국 정치사에 누를 끼치지 않은 채 의연하게 삶을 마감했다.

재임 중에는 명예롭게 일하고 퇴임 후에 당당하게 돈을 버는 대통령과 그럴 자신이 없으면 공직을 떠나는 대통령 측근을 갖고 있는 미국인들은 한국인에 비해 '정치 행복 지수'가 높은 것 같다.

{양극화되는
미국 정치}

미 중간선거와 티 파티

링컨 기념관에서부터 워싱턴 시내 한가운데를 관통하는 내셔널 몰은 미국을 상징하는 광장이다. 2007년 워싱턴에 부임한 기자는 이 내셔널 몰이 인파로 가득 찬 것을 두 차례 목격했다. 2009년 1월 20일 버락 오바마가 흑인으로는 처음으로 미국 대통령에 취임할 때는 영하 10도의 날씨에도 새벽부터 발 디딜 틈이 없었다. 47세의 젊은 대통령이 취임사에서 '미국의 변화'를 외칠 때 감격한 나머지 눈물을 흘리는 이들도 있었다.

그로부터 19개월 뒤인 2010년 8월 28일. 이번엔 전혀 다른 광경이 같은 곳에서 펼쳐졌다. 내셔널 몰 주변에 도착한 전세 버스에서는 '반(反)오바마' 피켓을 든 이들이 속속 내리기 시작했다. 오바마 대통령이 취임한 후 시작된 보수적 유권자 운동 모임인 '티 파티(Tea Party)' 회원들이었다. 이들은 오바마 대통령에게 독설을 퍼붓는 폭스 뉴스의 진행자 글렌 벡의 연설을 듣기 위해 모여들었다. 500미터가량 떨어진 백악관을 향해 소리를 지르기도 했다. 오바마를 보기 위한 인파로 가득 찼던 내셔널 몰이 2년도 채 못 돼 티 파티 회원들에게 '점령'된 것을 보고 먹구름이 몰려오고 있음을 감지했다.

오바마 대통령을 '고개 숙인 남자'로 만든 2010년 미국 중간선거를 되새겨볼 때 빼놓을 수 없는 것이 티 파티다. 그의 복지 위주 정책에 대한 반발에서 출발한 민간단체 티 파티가 이번 선거의 핵심 변수였다는 데 이의를 다는 미국의 정치인은 없다.

티 파티가 도움을 준 후보 중 60여 명이 연방 상·하원에 진출했다. 상원의원으로 당선된 짐 디민트(사우스캐롤라이나 주) 의원과 랜드 폴(켄터키 주), 마르코 루비오(플로리다 주) 후보가 대표적인 경우다. 티 파티의 표적이 됐던 해리 리드 민주당 상원 원내대표는 가까스로 의석을 지키는 데 만족해야 했다. 여야의 유력 정치인들이 티 파티에게 '기성 정치인'으로 찍히지 않기 위해 눈치를 보는 일도 벌어졌다.

1773년 영국과의 독립 전쟁 당시 보스턴에서 발생한 '티 파티 사건'에서 착안된 이 조직의 성공 원인은 한 가지로 요약된다. 정치권이 정쟁을 일삼을 때 철저히 미국의 경제와 미래에 초점을 맞춰 국민들에게 다가갔다. 국민들의 피부에 와 닿지 않는 문제는 쳐다보지도 않았다. 논쟁이 과열됐다고 평가받는 동성애나 낙태 같은 사회문제에 대해서는 신경 쓰지 않았다. 『인사이드 티 파티 아메리카』를 출간한 케이트 저니크는 "티 파티가 이례적일 정도로

다른 사회적 문제는 제기하지 않고, 정부의 역할과 세금 문제에 역
점을 뒀다"라고 성공 원인을 분석했다.

정치권이 공허한 논쟁만 일삼으며 국민들이 정말로 관심을 갖
는 사안을 제대로 다루지 않으면, '한국판 티 파티'가 만들어져 정
치권을 호령하게 되는 상황도 배제할 수 없다.

2010년 고개 숙인 남자가 된 오바마

티 파티는 공화당의 중간선거 경선 과정에서부터 돌풍을 일으켰
다. 알래스카 주에서는 티 파티의 지원을 받은 조 밀러가 현역 상
원의원 리사 머코스키를 누르고 공화당 후보로 확정돼 파란을 일
으켰다. 델라웨어 주의 세라 페일린 전 공화당 부통령 후보의 지원
을 받은 크리스틴 오도넬이 공화당의 상원 후보로 나섰다. 네바다
주에서는 여론조사에서 샤론 앵글 후보가 민주당의 상원 원내대표
해리 리드보다 앞서기도 했다. 중간선거 결과 티 파티의 대표 주자
로 불린 마르코 루비오와 랜드 폴 후보가 당선되어 미 정계를 놀라
게 했다. 이들은 미 의회에서도 공화당보다는 티 파티의 입장을 더
확실히 대변하고 있다.

티 파티의 급성장은 2008년 8월부터 본격적으로 시작된 경제
위기로 미국에서 위기감이 고조되고 오바마 대통령의 지지율이 하
락하는 것과 겹쳐서 발생했다. 오바마 대통령은 2008년 11월 미국
역사상 232년 만에 첫 흑인 대통령으로 선출돼 미국은 물론 전 세

계의 이목을 집중시켰지만, 경제가 회생하지 않으면서 불만을 품은 미 중산층의 표적이 됐다.

이를 반영하듯, 미국의 중간선거 직전 시사 주간지 이코노미스트 최근호의 커버스토리 제목은 '화난 미국'이었다. '희망이라고, 천만에(Hope? Nope!)', '오바마 싫어(No-Bama)', '너는 할 수 없어(No, You Can't)' 따위의 피켓을 든 미국인들이 버락 오바마 대통령을 둘러싸고 화난 표정으로 그에게 소리를 지르고 있는 것이 표지 삽화였다. 두 손을 축 늘어뜨린 오바마의 뒷모습이 고독해 보였다.

오바마 대통령의 전반기 업적은 사실 과소평가할 수 없는 부분이 많다. 경제 회생을 위해 8000억 달러를 쏟아 부어 경기 부양 조치를 취했고, 월 가의 탐욕을 견제하고 소수 투자자를 보호하려고 금융 개혁 조치도 단행했다. 사회보장 혜택을 받지 못하는 4000만의 미국인을 위해 건강보험을 개혁했다. 전임 대통령들은 감히 손대지 못했던 일들이다.

이런 노력에도 불구하고 경제가 여전히 비틀거리는 통에 오바마는 국민들로부터 '옐로카드'를 받았다. 티 파티는 바로 이런 점을 파고들었다.

티 파티 운동은 본부가 없는 것이 특징이다. 자생적으로 생겨난 티 파티는 진보적 단체들과는 달리 철저히 경제 문제에 초점을 맞췄다. '남성, 백인, 노년층'이라는 3대 키워드로 대표되는 티 파티는 '작은 정부'의 역할을 주장하는 '자유의지론자(libertarian)' 그룹의 지원을 받았다. 정부의 역할 축소에 공감하는 젊은이들이 티 파티 네트워크의 실무를 담당하며 국민들의 피부에 와 닿는 구호를 내놓았다. 티 파티 운동 중에서는 '티 파티 익스프레스', '티 파티 네이션', '티 파티 패트리엇' 등이 많이 알려져 있다. 2009년 라스베이거스에서는 오바마 정부에 대한 심판을 주장하는 '티 파티 익스프레스 전국 순회'가 시작되기도 했다.

티 파티가 앞으로 정당으로 조직화할 가능성은 많지 않다. 하지만 2012년 대선에서도 국가의 역할과 책임, 세금 정책 등에 대해 지속적으로 문제를 제기하며 논쟁을 일으키고 있다.

시골 도시에서 열리는 전당대회

미국 민주·공화당의 대통령 선거 경선의 첫 코커스(당원 대회)가 개최되는 아이오와 주의 주도 드모인 시는 4년마다 주목을 받는다. 2008년 기자가 투숙했던 S 호텔의 하룻밤 숙박료는 199달러. 아침식사 10달러는 별도다. 물 한 병에는 4달러라고 찍힌 가격표가 붙어 있다. 웬만한 워싱턴의 시내 호텔과 맞먹는 수준이었다. 인구 20만 명의 다른 작은 소도시라면 터무니없는 가격일 테지만 코커스가 실시되는 드모인에서는 그대로 받아들여야만 한다. 코커스 취재를 위해 2500명의 기자와 수천 명의 지지자들이 들이닥친 탓이다.

드모인은 도시를 동서로 관통하는 235번 고속도로를 전속력으로 달리면 5분 만에 시 외곽에 이를 정도로 작은 도시다. 당연히 이런 곳이 중심지인 아이오와 주가 과연 미국의 경선 판도를 좌우

할 대표성이 있느냐는 의문이 대통령 선거가 실시되는 4년마다 한 번씩 제기된다.

그런데 한번 생각해보자. 과연 코커스와 프라이머리(일반인 참여 경선)로 상징되는 미국의 경선 시스템이 아니면 시골 주의 주민들이 내로라하는 대선 주자들로부터 황송한 대접을 받을 수 있을까. 이런 제도에 기대지 않고 지방의 주민들이 지겹도록 대선 후보들을 만나면서 자신들의 의견을 반영시키는 일이 과연 가능할까.

대통령 선거는 나라의 지도자를 뽑는 일이지만 국민이 그 과정에서 정치인들로부터 제대로 된 대접을 받고 영향력을 발휘하는 상호 작용이다. 그런 관점에서 볼 때 미국의 대통령 선거 경선은 한국과는 차원이 다르다.

미국의 경선은 한국처럼 수백 또는 수천 명이 모인 곳에 대선 주자가 잠깐 들러서 연설한 후 손 한 번 흔들고 자리를 뜨는 시스템이 아니다. 대선 주자는 50여 명이 모인 시골 회관의 소위 '타운 홀 미팅(Town Hall Meeting)'에 참석해서 유권자들로부터 질문을 받아가며 자신의 정견을 논리 정연하게 밝혀야 한다. 끊임없이 시골 바닥을 다니면서 발품을 팔고 대면 접촉을 해야 하기에 대선 주자로선 힘들기 짝이 없다. 한국의 선거 유세의 상식인 '바람 몰이' 현상은 미국에서 찾아보기 어렵다.

한국에도 지난 2002년 당시 여당인 새천년민주당을 시작으로 국민 경선을 도입했다. 그러나 그 경선을 도입할 때의 참신한 기백은 온데간데없이 사라져버렸다. 새누리당도 경선을 전국적 축제로 이끌 생각은 하지 않고 단 하루에 끝내버려 전국 경선의 명맥이 사실상 사라져버렸다. 드모인이 전국적으로 스포트라이트를 받는 '특권'을 누리기 위해 끊임없이 쇄신하는 노력도 우리와는 비교된다.

드모인은 도시 이름을 본떠 'Do More(더 잘하기)' 프로그램을 추진하고 있다. 이 프로그램을 바탕으로 대통령 선거 때마다 언론의 관심이 집중되는 것을 계기로 지역 경제를 활성화하고 투자를 유치하기 위해 시민들이 힘을 모은다. 도시를 홍보하기 위해 '고향'이라고 이름 붙인 노래도 만들었다.

한국의 지방자치단체는 드모인 사례를 강 건너 불구경하듯 하고 있을 때가 아니다. 서울 중심의 정치에서 소외돼 있는 지방자치단체는 드모인과 아이오와 주를 모델 삼아 여야에 전국 경선을 유치하겠다는 아이디어를 들고 찾아가 설득해보라. 선거철마다 지역 경제가 달라지고 전국적 유명세를 누릴 수 있는 일이 미국에서만 벌어질 수 있는 것이 아니다.

오바마에 대한 오해와 양극화

버락 오바마 미국 대통령에 대한 지지율은 취임 중반부터 40퍼센트로 하락했다. 역대 미국 대통령 중에서 취임 1년 8개월 만에 그보다 더 낮은 지지율을 기록한 대통령은 손꼽을 정도다. 그의 지지율에 반비례해서 미국 국민들의 오해는 커졌다.

기독교 신자인 그를 무슬림으로 잘못 아는 비율은 계속 증가했다. 2010년 퓨 리서치의 조사에서는 미국 국민 5명 중 1명이 그의 종교를 '이슬람교'라고 답했다. CNN 방송은 '미국 국민의 3분의 1만이 그를 기독교인으로 제대로 알고 있다'라고 보도했다.

이 때문에 오바마 대통령이 공개 석상에서 한 '신앙 고백'에는 절박한 심정이 묻어났다. 그는 뉴멕시코 주의 타운 홀 미팅에서 총 열두 개의 문장으로 자신이 기독교인임을 강조했다. 신앙생활을 하지 않는 어머니 밑에서 자랐지만 스스로 기독교인이 되기로 결심했다고 밝혔다. 또 '나의 공직 활동도 기독교 신앙을 드러내는 것의 일부'라고도 했다.

오바마 대통령은 일부 보수층으로부터 '미국에서 태어나지 않아 원래 대통령 출마 자격이 없었다'는 오해도 받고 있다. 미국의 헌법은 미국 영토에서 태어난 사람만이 대통령 피선거권을 갖도록 규정하고 있다. 오바마는 출생증명서에 의해 '1961년 8월 4일 하와이 출생'임이 입증됐다. 하지만 반오바마 성향의 인터넷 홈페이지와 라디오 방송 등에서는 끊임없이 이 문제를 제기하고 있다. '미국 시민이 아닌 사람이 대통령에 선출됐다'고 제소당한 적도 있다.

전통적으로 미국 대통령은 여론의 강한 견제를 받아왔다. 하지만 대통령의 정체성 자체가 문제된 적은 극히 드물었다. 그런 점에서 이 사례들은 '미국 최초의 흑인 대통령'인 오바마의 당선을 계기로 정치 양극화가 심화되고 있음을 상징한다.

오바마 대통령을 싫어하는 일부 백인들은 그가 회교 국가인 인도네시아에서 어린 시절을 보낸 사실을 강조하며 그의 종교를 의심한다. 그의 아버지가 케냐 출신임을 거론하며 출생지가 분명하지 않다고 말하는 이들을 만나는 것도 어렵지 않다. 평균 실업률이 10퍼센트를 웃도는 경제 위기도 오바마 대통령에 대한 분노를 점증시키고 있다.

2010년 11월 총선과 지방 선거를 동시에 실시하는 미국의 중간선거를 앞두고 이런 현상은 계속 심화돼왔다. 불법 이민자에 대한 불심 검문 허용을 핵심으로 하는 애리조나 주의 이민법 논쟁은 미국을 갈라놓았다. 9·11 테러가 발생한 '그라운드 제로' 주변에 이슬람 사원 모스크가 들어설 수 있는지를 놓고도 여름 내내 논쟁을 벌였다.

미국 사회의 양극화 현상은 우리에게 결코 좋은 신호가 아니다. 미국 사회가 분열하는 방향으로 간다면, 초당파에 바탕을 둔 외교를 펼치기가 쉽지 않다. 이제는 미국의 내부 사정을 헤아리고 중간선거 결과에도 신경을 쓰면서 외교를 해야 할 시대에 살고 있다.

지한파 대장의 불명예 퇴임

미국에서 외국 특파원이 미국의 뉴스 메이커를 인터뷰하기란 여간 어려운 일이 아니다. 특히 군인들이 그렇다. 스탠리 매크리스털 아프가니스탄 주둔 미군 사령관 겸 국제안보지원군(ISAF) 사령관을 단독 인터뷰한 것은 큰 행운이었다. 그는 타임과 뉴욕 타임스 매거진을 비롯, 주요 시사 주간지의 표지 인물로 여러 차례 실릴 정도로 국제사회의 주목을 받았다.

아프가니스탄 종군 취재를 나갔을 때 그를 인터뷰할 수 있는 기회가 생겼다.

190센티미터가량의 큰 키에 깡마른 체격의 그는 인터뷰 시작 전에 "1981년부터 1년간 판문점 경비대(JSA)에서 근무했다"는 말로 한국에 친근감을 보였다. 그는 "지금은 캠프 보니파스로 이름이 바뀐 캠프 키티호크에서 생활했다"라며 "당시 매우 긴장이 높았지만 정말 좋은 경험을 했다"라고 말했다.

그의 아버지와 장인도 한국과 인연이 깊다. 6·25 전쟁 당시 그의 아버지는 보병 중대장(대위)으로, 장인은 탱크 소대장(중위)으로 참전했으며 각각 중장과 소장으로 전역했다. 매크리스털 사령관은 "웨스트포인트 육사 재학 시절 집에 갔다가 아버지와 장인이 참석한 모임을 계기로 아내와 결혼하게 됐다"며 웃었다. 그의 형 스콧도 1980년대 후반에 한국에서 군목으로 활동했다. 그의 육 남매는 모두 군인이거나 군인과 결혼한 군인 가족이다.

그는 기자가 "한국에서 초청하는 한국전 참전 용사의 수를 대폭 늘렸는데 아버지와 장인도 한국을 방문하기를 바란다"라고 말하자 "한국 정부의 참전 용사 초청 프로그램에 대해서 얘기 들었다. 그것은 매우 훌륭한 프로그램"이라고 말했다. 또 "나는 JSA 근무를 마칠 때 아내를 불러서 한국을 여행했는데 시간이 허락하는 대로 한국을 다시 방문하고 싶다"라고 했다.

매크리스털 사령관은 미 국방부 내에서 특수전 전문가로 이름을 알렸으며 지난해 오바마 대통령에 의해 발탁됐다. 이라크 주둔 미군 사령관을 지낸 데이비드 퍼트레이어스 중부사령관과 함께 저항 세력을 격퇴하는 작전에서 능력을 발휘해왔다. 매일 10킬로미터 이상을 구보하는 것으로 유명하며 독서광이라는 평가를 받는다. 하버드대 케네디 행정대학원에서 '국가 안보 펠로'로 연구 활동을 한 경험도 있다. '아프가니스탄 주민을 위한 전쟁'을 슬로건으로 내걸고 일반 주민들을 보호하며 아프가니스탄 정부의 지배력이 확장되는 데 역점을 둬왔다.

그런 그가 2010년 6월 사실상 불명예 제대로 낙마했다. 오바마 대통령은 그가 격주간지 롤링 스톤과 한 인터뷰에서 결과적으로 군 통수권자인 자신을 폄하하고 불만을 표출한 것을 직설적으로 나무랐다. "판단력이 부족했다."

오바마 대통령은 23일 백악관에 소환된 매크리스털 사령관으로부터 해명을 들은 후 결정을 내리겠다고 했다. 백악관 주변에서는 오바마 대통령의 이 발언이 사실상 경질을 시사했다고 봤다.

롤링 스톤에 따르면 매크리스털 사령관은 측근들에게 오바마 대통령이 군 통수권자로서 준비가 안 된 것처럼 말했다. 또 조 바이든 부통령의 대테러 전략을 비판했다. 롤링 스톤은 사태가 확산되자 "매크리스털 사령관이 대아프가니스탄 정책의 방향성에 대해 좌절하고 있는 것처럼 느꼈다. 이번 인터뷰는 이런 입장을 전달하려는 의도였던 것 같다"라고 밝혔다.

사태의 심각성 때문에 오바마 행정부에서는 누구도 그를 변호하려 하지 않았다. 백악관의 로버트 기브스 대변인도 정례 브리핑에서 오바마 대통령이 인터뷰 기사를 보고 매우 크게 화를 냈다고 했다. 로버트 게이츠 국방장관도 성명을 발표, "매크리스털 사령관은 심각한 실수를 했으며, 이번 사안에 있어서 잘못된 판단을 내렸다고 생각한다"라고 했다. AP 통신은 매크리스털 사령관이 현직을 사임할 준비가 돼 있다고 보도했다.

백악관이 하극상으로 인식하는 이 사태가 10년째 계속되고 있는 아프가니스탄 전쟁에 어떤 영향을 미칠지가 최대의 관심사였다. 매크리스털 사령관은 2010년 아프가니스탄 남부 지역에서 마르자 대공세를 비교적 성공적으로 이끌며 오바마 대통령에게 힘을 실어줬다. 당시 미군 두 명과 아프가니스탄군 한 명을 한 팀으로 묶어 전투를 펼치는 '모쉬타라크(아프가니스탄에서 '함께'를 뜻하는 말)' 작전이 일부 지역에서 효과를 거뒀다. 하지만 여름에 접어들면서 연합군의 공세는 다소 주춤한 상태였다.

그는 나와의 인터뷰에서 "연합군은 무엇보다 아프가니스탄의 문화와 언어를 이해해야 한다. 이것은 아프가니스탄 주민들을 위한 전쟁이지 적대시하려는 전쟁이 아니다"라며 '현지화'를 강조했다. 또 "아프가니스탄 주민들이 자신들의 정부를 자유롭게 결정하고 경제활동을 하며 스스로 방어력을 갖출 수 있을 때"를 아프가니스탄 전쟁의 승리로 규정했다. 이 때문에 그는 아프가니스탄에서는 비교적 지지도가 높은 편이다. 이번 사태가 나자 하미드 카르자이 아프가니스탄 대통령은 매크리스털 사령관이 경질되지 않기를 희망한다고 밝혔다.

일각에서는 이번 사태를 오바마 대통령의 '군 기강 잡기'로 이해했다. 오바마 대통령은 집권 후, 핵무기 감축과 국방 예산의 효율화를 내세우고 있다. 이는 조직과 예산의 감축으로 연결되기에 미군 사이에서 썩 인기 있는 대통령은 아니다. 이 같은 분위기를 잘 아는 오바마 대통령은 매크리스털 사령관 사태를 계기로 자신의 이미지를 바꾸고 군의 분위기를 쇄신하려 한다는 해석이 많았다.

오바마의 단호한 용인술

설화(舌禍)를 일으킨 스탠리 매크리스털 아프가니스탄 주둔 미군 사령관 경질 과정에서 돋보이는 것은 버락 오바마 대통령의 단호한 용인술이다.

오바마 대통령은 백악관으로 소환된 매크리스털 사령관을 30분간 면담하는 절차를 거친 후, 백악관의 로즈가든에 모습을 나타냈다. 중요한 통치 행위를 강조할 때 활용하는 로즈가든 기자회견에서 그는 매크리스털 사령관 교체 사실을 발표했다.

"아프가니스탄 국제안보지원군 사령관인 그의 사의를 받아들였다"라며 "매우 유감스럽지만, 아프가니스탄에서의 임무와 우리 군을 위한 올바른 결정이라고 확신한다"라고 했다. 매크리스털 사령관을 경질한 사유에 대해선 "아프가니스탄에서의 목적을 달성하기 위해 우리 팀이 함께 일하는 데 필요한 신뢰를 무너뜨렸다"라고 했다. 또 "우리 군의 강인함과 위대함은 군의 엄격한 행동 수칙이 군을 지휘하는 장성과 민간인에게 똑같이 적용되는 데서 비롯된다"라며 문민 통제의 중요성을 강조했다.

오바마 대통령은 매크리스털의 후임으로 지명한 데이비드 페트레이어스 사령관을 소개하며 아프가니스탄 전쟁을 빠른 시간 내에 종료할 것임을 강조했다.

오바마 대통령은 당시 두 달 넘게 계속되는 멕시코 만 원유 유출 사태로 정치적 위기에 처한 상황에서 이 사태를 계기로 상황을 반전시킬 기회를 만들었다. 모른 척할 수도 있었던 매크리스털 사령관의 부주의한 인터뷰를 국가 안보의 문제로 다루어 군의 기강을 잡는 데도 성공했다.

이 사태의 해결 과정을 통해 그는 49세의 젊은 대통령이지만 군과 안보 문제에 대해서는 단호하다는 이미지를 심어줬다. '분노 표출－전격 소환－경질－후임자 임명'을 하는 데 만 하루 정도밖에 걸리지 않은 신속한 결정이었다. 아프가니스탄 전쟁에 대한 깊은 관심을 보여줌으로써 국제적으로도 다시 한 번 이 전쟁의 중요성을 환기시키는 효과도 부수적으로 가져왔다는 시각도 있다.

미군 사령관 경질에서 부러웠던 것

미국의 정치인들은 책을 통해서 말한다. 정치인들은 자신들의 생각을 책을 써서 알리고, 이를 통해 국민들의 선택을 받는다.

미국의 차기 대통령을 꿈꾸는 공화당의 뉴트 깅리치 전 하원의장이 쓴 『미국을 구하기 위해서』라는 책이 있다. 이 책의 부제처럼 버락 오바마 미 대통령의 '세속적 사회주의'를 중단시키는 것이 발간 이유다. 깅리치 전 의장은 현 정부가 사회주의에 가깝다고 비판하며 오바마 대통령에 대한 혐오감을 여과 없이 표출하고 있다. 폭스 뉴스와의 인터뷰에서는 "오바마 대통령이 누구는 얼마를 벌고, 누구는 어떻게 부를 분배해야 한다는 식의 오만함을 보이고 있다"라고 비난했다.

이 책 외에도 미국의 야권 인사가 쓴 『미국의 제2차 내전』과 『포스트 아메리칸 프레지던시』에서는 오바마 대통령이 국가를 잘못된 방향으로 이끌고 있다고 주장한다. 이런 흐름이 보여주듯이 공화당 측은 오바마 대통령과 관련된 작은 실수 하나라도 놓치지 않고 이를 확대·재생산하고 있다. 그렇지만 스탠리 매크리스털 아프가니스탄 주둔 미군 사령관이 '하극상 인터뷰'를 이유로 경질된 사태에 대해서는 달랐다. 매크리스털 사령관은 롤링 스톤과 한 인터뷰에서 오바마 대통령을 폄하하고 불만을 표출한 이유로 물러났다. 자신들이 그토록 싫어하는 오바마 대통령을 비판한 그를 '비호'하는 목소리는 없었다. '표현의 자유'라는 말로 그를 옹호하는 의원도 보이지 않았다.

오히려 매크리스털 사령관을 질타하는 목소리가 나왔다. 2008년 대통령 선거에서 오바마 대통령과 맞붙어 패배했던 공화당의 존 매케인 상원의원은 다른 중진의원들과 함께 발표한 성명에서 그를 꾸짖었다. "매크리스털 사령관의 발언이 매우 부적절했다." 상원 군사위원회에서는 그의 후임으로 지명된 데이비드 페트레이어스 사령관을 "미국의 안보를 고려하여 역사상 가장 빠르게 인준 절차를 끝낼 것"이라는 말도 나왔다.

공화당은 당적을 떠나서 매크리스털 사령관 문제를 국가 안보의 중요한 문제로 인식했다. 아프가니스탄 전쟁의 승리를 위해 신속하게 사태를 수습해야 한다며 오바마 대통령의 결정에 힘을 실어줬다. 이 때문에 매크리스털 사령관 경질 사태를 둘러싼 분위기는 곧 수그러들었다.

미국은 1776년 건국 당시부터 초당적으로 안보 문제를 처리해온 전통을 갖고 있다. 최근 정치가 양극화되면서 이런 분위기가 많이 사라졌다고 하지만 여전히 위기시에는 결집된 힘을 보여주고 있다.

야당 의원들은 안보와 관련된 비공개 논의에서는 정부·여당과 치열하게 다투지만 공개적으로는 국가의 힘을 분산시키는 일을 자제해왔다. 알카에다가 자행한 9·11 테러에 대해 여전히 음모설이 떠돌아다니지만 책임 있는 야당 정치인 중에서 '헛소리'를 하는 이는 없었다. 오바마 대통령도 야당이 공격할 빌미를 주지 않고 신속하고 단호한 조치로 군 기강이 흐트러지는 것을 막았다.

미국의 여야는 워싱턴에서 수만 킬로미터 떨어진 아프가니스탄에 주둔한 미군의 사령관 경질도 미국의 안보에 정말로 민감하고 중요하다는 데 공감했다. 이에 비해 휴전선에서 고작 40킬로미터 떨어진 서울의 정치권에선 해군 장병 46명이 폭침당한 사태에 대해서도 논쟁을 벌였다. 무엇이 이런 차이를 만들고 있는지 생각해보지 않을 수 없다.

Part II

한국과 미국은
같은 곳을 보고 있나

워싱턴 14번가의
프레스센터에서

❝

위싱턴의 백악관에서 한 블록 떨어져 있는 14번가의 프레스센터는 외국 특파원들의 사무실이 모인 곳이다. 24시간 불이 꺼지지 않고 문이 잠기지 않는 이 빌딩의 1291호실에서 한미 관계와 미북 관계를 고민하고 토론했다.

❞

{ 주춧돌과
  린치핀 }

'일본은 동맹국, 한국은 파트너'

2008년 6월 초 콘돌리자 라이스 미 국무장관이 포린 어페어즈 7·8월호에 기고한 글을 읽어가다가 아시아 관련 대목에서 눈을 뗄 수 없었다. 라이스 장관은 「새로운 세계를 위한 미국식 현실주의」라는 제목의 글에서 일본과 호주를 '동맹국'으로 표현했다. 특히 일본에 대해선 미국과 같은 가치와 민주적인 동맹을 향유하고 있다며 높은 평가를 했다.

이에 비해 한국은 '글로벌 파트너'로 차별화됐다. "경외할 만한 변화를 자랑할 수 있는 역사를 가진 한국 역시 '글로벌 파트너'가 됐다"라고 서술돼 있었다.

나는 이 표현이 미국에서 일본을 동맹국으로, 한국을 파트너로 분류하는 분기점이 될지 모른다고 우려해 기사를 작성했다. 부시 행정부 관계자를 만났을 때 이 문제를 집중적으로 제기하기도 했다.

유감스럽게도 부시 행정부와의 차별성을 내세우며 출범한 버락 오바마 행정부에서도 이런 구분은 한참 동안 계속됐다.

오바마 행정부의 외교를 책임지는 힐러리 클린턴 미 국무장관 지명자는 상원 인준청문회에서 라이스 장관과 같은 인식을 밝혔다. 그는 미일 동맹을 미국의 아시아 정책에서 주춧돌이라고 표현했다. 미일 동맹이 공통의 가치와 상호 이익에 기반하며 이 지역의 평화와 번영을 유지하는 핵심 요소라고 강조했다. 하지만 한국은 아무런 설명 없이 호주, 동남아국가연합과 함께 중요한 '경제·안보 파트너십' 관계를 갖고 있는 나라로 기술됐다.

미 행정부 관계자들은 이런 분류에 대해 '동맹과 파트너 사이에 큰 차이는 없다'라며 얼버무린다. 일부 전문가들도 굳이 이런 구분에 크게 의미를 두지 말라고 했다. 또 지난 1996년 '신미일 안보 공동선언'을 거치면서 동맹을 심화한 일본의 경우와 한미 관계를 비교하는 것은 무리라는 분석도 있다.

그렇지만 한국이 언제라도 도움을 주고받을 수 있는 동맹국이 아니라 이보다 결합력이 약한 파트너로 서술되는 경우가 많아지는 것은 결코 바람직하지 않다.

라이스 장관에 이어 클린턴 차기 장관 지명자도 한국과 일본을 '차별'한 것은 여전히 한미 관계가 미일 관계에 비해 돈독하지 못함을 의미한다.

2009년 4월 한미 양국은 캠프 데이비드 정상 회담을 거치면서 두 나라 관계를 '21세기 전략적 동맹 관계'로 격상시키기로 합의했지만 이는 수사에 불과했다는 비판이 나오기도 했다. '한미 동맹이 노무현 정권에 비해 질적으로 달라질 것'이라는 홍보에도 불구하고, 구체적으로 어떤 변화가 일어났는지 실감하기 어렵다.

다행히 미일 관계가 악화되는 것에 반비례해서 한미 관계가 호전돼 오바마 대통령은 2010년 '한미 동맹은 한국과 미국뿐만 아니라 태평양 전체 안보의 린치핀'이라는 발언이 나왔다. 린치핀(linchpin)은 수레의 바퀴가 빠지지 않도록 축에 꽂는 핀을 말한다. 그동안 미국은 이 용어를 일본을 묘사할 때만 써왔다. 오바마의 이 발언은 한미 관계가 최상의 상태에 있음을 시사한 것이다.

로널드 레이건 행정부에서 국무장관을 지낸 조지 슐츠는 외교를 정원 가꾸기에 비유했다. 끊임없이 신경을 써서 사안이 작을 때 '잡초'를 뽑아내야 한다는 것이다. 한미 동맹이라는 정원을 가꾸어나가는 데 잊지 말아야 할 외교 격언이다

'정열보다는 편의상 이뤄진 한미 동맹'

매들린 올브라이트 전 미 국무장관은 미국의 원로 외교관이다. 빌 클린턴 대통령 당시 국무장관을 역임한 그는 2000년 10월 북한을 방문, 김정일 국방위원장을 만난 것으로 유명하다. 이후, 그가 한반도 문제에 대해 발언할 때마다 주목하지 않을 수 없었다.

2008년 그가 발간한 책을 읽어 내려가던 도중 당혹감을 느꼈다. 『대통령 당선자에게 보내는 메모』라는 제목의 책은 올브라이트가 빌 클린턴 행정부에서 국무장관을 지낸 경험을 토대로 미국

의 차기 대통령에게 조언하는 형태를 취했다.

올브라이트 전 장관은 이 책에서 10쪽에 걸쳐 자신이 경험하고 느낀 남북한 이야기를 썼다. 그는 한미 동맹에 대해서 '처음부터 정열보다는 편의를 위해 이뤄진 결혼'이라고 정의를 내렸다. 그러면서 한국인들은 6·25 전쟁에서 사망한 3만 6000명 이상의 미군 대신 신미양요, 38선 분단에 대한 책임 등 좋지 않은 측면에서 미국을 기억하려 한다고 썼다.

동맹이란 원래 양측의 정치·군사·경제적 이익을 목적으로 편의상 이뤄지는 것이다. 감성적 정열로만 이뤄진 동맹은 어느 곳에도 존재하지 않는다. 그럼에도 각 국가는 동맹의 의미를 고양시키기 위해 온갖 수사로 포장을 하는 것이 상례다. 누구보다 이런 사실을 잘 알고 있는 그가 한미 동맹에 대해 차가운 정의를 내린 것은 그동안 한국 정부에 대해 적지 않은 섭섭함을 느꼈다는 증거다.

올브라이트 장관은 노무현 대통령에 대해서 두 문장으로 좋지 않은 감정을 드러냈다. 그는 노 대통령이 2002년 대통령 선거에서 미국을 한 번도 방문하지 않은 것을 내세우는 것이 유리하다는 판단을 했다고 기술했다. 또 노 대통령이 "나는 어떤 반미 감정도 갖고 있지 않지만 미국을 추종하지도 않는다"라고 말한 것을 포함시켰다.

그가 같은 책에서 김정일 북한 국방위원장을 '지적이다, 여성에게 예의바르다(chivalrous)'라고 평가한 것을 고려하면 얼마나 반미 감정을 일으킨 노 대통령을 무시하고 있는지 쉽게 짐작할 수 있다.

그의 이런 시각은 노무현 정부를 거치면서 생긴 불쾌감과 미국 내에 한미 동맹에 대해 냉정하게 평가하는 흐름이 생겨났음을 시사하는 것이다.

국방부 자문 기구는 올브라이트 장관과 유사한 생각을 가진 보고서를 만들었다. 양국 정부가 교체되는 향후 2년 동안 한미 동맹에 대해 출발점부터 재검토하는 근본적인 논의가 필요하다는 보고서였다. 이 보고서는 노무현 대통령에 대해서 "유권자들에게 반미로 인식되는 언급을 했으며 (대통령) 선거 후에는 한미 관계에 대해서 오래 간직한 불만을 거론하기로 작심한 보좌진들을 정권에 불러 들였다"라고 기술하는 것을 잊지 않았다.

이렇듯 2000년 남북 정상회담 이후부터 진행된 한미 동맹의 이완은 생각보다 그 폭이 넓고 깊었다. 미국의 행정부 관계자가 "김대중 정부 이후 형식적으로만 관계가 유지된 이들이 많아서 도대체 누구를 믿고 말을 해야 할지 모르겠다"라고 말할 정도였던 '한미 외교 암흑기'를 반면교사 삼을 필요가 있다.

미 8군 사령관의 약속

2011년 UH60 헬리콥터 내에서 이뤄진 존슨 주한 미 8군 사령관과의 인터뷰는 원래 질문 범위가 제한돼 있었다. 8군 사령부는 용산기지와 포천 훈련장을 왕복하는 헬기에서 동승 인터뷰를 할 때 주한 미군의 최신 첨단 장비에 집중해달라고 요청했다. 화력 시범을 보인 M2A3 브래들리 장갑차, M1A2 SEP 아브람스 전차 등의

향상된 성능에 대해 '홍보'해줄 것을 희망했다.

헬기에 탄 후, 헤드셋을 머리에 쓰고 말할 때마다 교신용 버튼을 눌러가며 첨단 장비에 대한 인터뷰를 먼저 마쳤다. 창밖으로 보이던 아파트가 사라지고 야산들이 눈에 들어올 때, 교신용 버튼에 다시 힘을 줬다. "미국 국방 예산이 줄어들게 되면 주한 미군의 대북 방어 능력이 저하되는 것이 아니냐"는 질문을 던졌다.

잠시 창밖을 바라보던 그는 답변을 거부하지 않았다. 헤드셋에서 들려오는 목소리는 명료했다. "미국의 국방 예산은 더 아껴 써야 하는 것은 분명하다"라고 했다. "하지만 한반도 방위와 관련된 첨단 장비를 갖추고 대응 능력을 강화하는 비용은 절대 줄어들지 않을 것"이라고 약속했다.

그는 예상하지 않았던 질문을 받은 후 한국 국민들을 안심시키는 답변을 했다. 대한민국의 방어를 공동으로 책임지는 미 8군 사령관으로서 최선의 다짐을 한 것이다. 그렇지만 미국의 경제난으로 대규모로 국방비가 감축되는 바람에 그의 약속이 지켜질지 걱정을 하게 된다.

미 의회는 앞으로 10년간 국방 관련 예산을 4000억 달러 줄이기로 했다. 매년 한국의 국방비(2010년 245억 달러)보다 훨씬 더 많은 400억 달러를 10년에 걸쳐 삭감키로 한 것이다. 미국의 국방비 삭감은 전 세계 미군 병력과 군 장비의 필연적인 감축으로 이어질 수밖에 없다.

미 의회에서는 이런 현실을 반영해서 주한 미군 정책을 다시 만들어야 한다는 주장도 나오고 있다. 상원 군사위원회의 실세인

민주당의 칼 레빈 위원장, 공화당 대통령 후보 출신인 존 매케인 간사, 짐 웹(민주) 동아태 소위위원장은 주일 미군 외에도 주한 미군 정책의 전면 재검토를 요구 중이다. 이들은 공동 입장을 발표한 후, 자신들의 입장을 관철시키려 하고 있다.

미국의 국방비가 대폭 줄더라도 주한 미군의 방어 능력이 그대로 유지되는 경우는 몇 가지 방법밖에 없다. 중국 견제와 김정일 정권의 붕괴 가능성을 고려해서 주한 미군 관련 경비는 삭감하지 않는 것이 가장 바람직한 경우다.

현실은 이런 시나리오보다는 한국에 대한 방위비 분담을 늘려 달라는 쪽으로 갈 가능성이 더 커 보인다. 우리 정부는 미군 주둔과 관련된 전체 비용의 40퍼센트가량(2011년 7325억 원)을 부담하고 있다.

주한 미군 방위비 분담과 관련한 논란이 한미 동맹을 약화시켜서도 안 되지만, 국민 여론이 납득하지 않는 큰 폭의 상승을 허용해서도 곤란하다.

미국이 우리에게 어떤 요청을 하기 전에 우리 나름대로 외교 전략을 갖고 있는 것이 현명하다는 것은 그동안의 역사가 보여준 교훈이다. 정부 어디에선가 이런 고민을 하고 있다고 믿고 싶다.

<h1>{ 대통령들 간의
인간관계 }</h1>

이라크 전쟁 참여 기억 못 하는 미국

2004년 9월 2일 조지 W. 부시 당시 미국 대통령이 뉴욕 맨해튼에서 열린 공화당 전당대회에 박수를 받으며 등장했다. 재선을 위해 공화당의 차기 대통령 후보로 지명된 그가 수락 연설을 시작했다.

당시만 해도 2003년 3월 시작된 이라크 전쟁을 공적으로 내세우고 있던 그는 참전 국가들을 거명했다. "(이라크 전쟁의) 동맹국이라면 영국, 폴란드, 이탈리아, 일본, 네덜란드, 덴마크, 엘살바도르, 호주와 그 밖의 나라들이 있다"라고 했다.

대체로 이라크전 파병 규모순으로 불린 그의 동맹국 리스트에 한국은 빠져 있었다. 우리나라는 미국, 영국에 이어 세 번째로 많은 3600여 명을 이라크에 파병 중이었다. 우리나라 파병 규모의 10퍼센트에 불과한 엘살바도르와 호주도 거명됐지만 한국은 끝내 호명되지 않았다. 이 사건은 미국이 외교 채널을 통해 '실무진의 실수로 한국이 부시 대통령의 연설에서 빠졌다'는 해명으로 봉합됐다. 이는 미국에서 이라크전에 참전한 자이툰 부대의 활동이 제대로 각인되지 않았음을 보여주는 상징적인 일화로 기록됐다.

오바마 미 대통령이 이라크 전투 종료를 선언할 때 이 사건을 취재하며 씁쓸해했던 기억이 떠올랐다. 그 후에도 이라크 파병이 국내외적으로 인정받지 못한 것은 물론 우리가 이를 제대로 활용하지 못한 채 기억 속에서 지워버렸다는 판단에서다.

한국은 흔쾌히 파병하지 않고 미국은 우리의 기여를 제대로 인식하지 못하는 상황은 아프가니스탄 전쟁에서도 재연되고 있다. 미 연방 의회에서 열리는 청문회에는 아프가니스탄 관련 업무를 담당하는 국방부와 국무부 고위 관리가 자주 출석한다. 하지만 한국의 기여는 크게 언급되지 않았다. 데이비드 페트레이어스 아프가니스탄 주둔 미군 사령관은 중부군 사령관 시절 때 하원 청문회에서 "아프가니스탄 전쟁에 매우 중요한 자원을 제공하는 파트너 국가들이 있는데 그중에서도 일본이 가장 으뜸"이라고 말했다. 당시는 한국이 일본과는 달리 위험을 무릅쓰고 500명의 지방재건팀(PRT)을 보내기로 발표한 직후였지만 한국은 거명되지 않았다. 한국의 지방재건팀이 파견돼 아프가니스탄 파르완주에서 활동하고 있는 사실도 미국에 알려지지 않고 있다.

어쩌면 이런 현상은 우리 스스로가 만든 것인지도 모른다. 우리는 중동과 중앙아시아의 요충지인 이라크와 아프가니스탄에 대한 파병을 국익 추구와 연관시키기보다는 미국을 돕는 것으로 한정해버렸다. 이 지역의 잠재력을 내다보고 적극적인 입장을 취하는 것이 아니라 파병한 한국군과 우리 국민이 테러만 당하지 않으면 된다는 소극적 자세를 갖고 있었다.

한국의 공무원들에게 주이라크, 주아프가니스탄 대사관에서의 근무는 가급적 공관에서 외출을 삼간 채 1년만 시간을 보내다가 무사히 귀국하는 것이 최선이라는 인식이 만연한 지 오래다.

최근 아프가니스탄에서 의욕적으로 활동하던 한 외교관이 상사들로부터 '위험 지역에서 활동 범위를 너무 넓히지 말라'는 충고를 받은 것은 이런 분위기를 단적으로 보여준다.

우리가 세계의 이목이 집중된 지역에 군대를 파병한 후, 단지 무사하기만을 바라서는 미국과 주재국으로부터 진정에서 우러나오는 감사의 인사를 받을 수 없다. 또 그래서는 결코 선진국이나 강국의 문턱에 갈 수 없다.

클린턴 위로한 DJ

"클린턴 대통령, 잠깐만……."

1998년 11월 21일 청와대. 김대중 당시 대통령은 청와대에서 한미 정상회담을 마치고 나가려는 빌 클린턴 미 대통령을 불러 세웠다. 클린턴 대통령을 창가로 데려간 김 대통령은 목소리를 낮춰 나지막이 말했다.

"정치인이 큰일을 하다 보면 여러 가지 일이 생길 수 있습니다. 당신은 미국의 재정 적자를 줄이고 경제의 틀을 튼튼히 한 미국의 영웅으로 기록될 것입니다. 역경을 잘 이겨내시기 바랍니다.”

당시의 클린턴 대통령은 1995년부터 1996년까지 백악관 인턴 모니카 르윈스키와 ‘부적절한 관계’를 가진 것이 알려지면서 최대의 위기에 직면해 있었다. 서울 시내의 한 호텔에 마련된 그의 숙소에는 밤마다 술병이 나뒹굴 정도로 심란한 상황이었다.

클린턴 대통령이 탄핵 위기를 넘긴 후 김 대통령이 1999년 7월 2일 워싱턴을 방문했다. 백악관에서 김 대통령을 만난 클린턴 대통령은 “지난해 서울을 방문했을 때 김 대통령께서 나를 위로해준 것을 결코 잊지 못할 것”이라고 고마워했다.

1990년대 말 북한의 대량살상무기 개발을 막기 위해 한미 양국이 페리 프로세스를 적극 추진한 배경에는 두 정상의 신뢰 관계가 자리 잡고 있었다.

미 행정부는 2000년 김대중 정부가 미국 몰래 남북 정상회담을 성사시키며 독자적으로 햇볕정책을 펼 때 못마땅한 부분이 많았다. 하지만 클린턴 대통령이 여러 측면에서 김 대통령을 배려하여 파열음이 확대되지 않았다.

이에 비해 노무현 정부의 외교 실패는 각국 정상들과의 인간 관계 실패라고도 말할 수 있다. 노 대통령은 재임 기간 중 미국, 일본, 중국, 러시아를 비롯한 주변 4강은 물론 다른 나라 정상들과도 인간적인 교감을 나눌 수 있는 깊은 관계를 맺지 못했다. 이 때문에 노 대통령 퇴임 후 외국에서 그를 초청했다는 얘기도 들리지 않는다.

다른 분야와는 달리 외교는 정상들 간의 관계가 곧장 국가 정책에 영향을 미치는 특수한 영역이다. 제2차 세계대전 당시 프랭클린 루스벨트 미 대통령과 윈스턴 처칠 영국 총리는 2000통에 가까운 편지를 주고받으며 연합군을 승리로 이끌었다.

미일 관계가 제2차 세계대전 후 가장 효율적으로 작동하던 때는 1980년대 로널드 레이건 대통령과 나카소네 야스히로 총리 시절이다. 서로를 '야스(야스히로)', '론(로널드)'으로 부르며 절정의 관계를 과시했다. 부트로스 부트로스-갈리 전 유엔 사무총장이 "내 경험으로 볼 때 사적인 인간관계가 (외교에) 결정적이었다"라고 말한 것은 결코 빈말이 아니다.

나카소네 전 총리는 '외교는 손으로 빚는 수공예품'이라는 말을 외교 어록에 남겼다. 특히 남북 분단 시대의 한국 대통령은 역사에 남는 수공예품을 빚기 위해서 끊임없이 외국의 정상들과 호흡을 맞추려는 노력을 계속해야 한다.

MB 감동시킨 미국의 외교

이명박 대통령이 2008년 미국 대통령의 별장인 캠프 데이비드에서 하룻밤을 지낼 때 있었던 일은 정상회담의 특성상 속속들이 공개되지 없겠지만 한 가지는 분명했다.

이 대통령은 이곳에서 조지 W. 부시 미 대통령 부부의 환대에 감명받았음을 숨기지 않았다. 이 대통령은 청와대에서 한나라당 국회의원 당선자들을 만나 "처음 캠프 데이비드에 도착한 시간부터 마음을 터놓고 얘기할 수 있는 분위기였다"라고 했다. 19일 캠프 데이비드에서 나온 직후에 열린 특파원 간담회에선 부시 대통령 내외의 환대에 '깜짝 놀랐다'는 말을 두 차례나 했다. 정상회담이 끝난 후에도 계속되는 이 대통령의 최상급 표현으로 볼 때 한미 관계 사상 처음으로 캠프 데이비드에서 열린 정상회담이 이 대통령의 마음을 사로잡아버린 것은 명백해 보인다. 미국의 입장에서 볼 때 성공적이라고 평가할 수 있는 항목이다.

이 회담을 분석할 때 놓치지 말아야 할 것은 미국이라는 초강대국의 부시 대통령이 이 대통령을 감동시키기 위해 모든 자원을 동원하고 전심전력을 다 했다는 것이다.

부시 대통령은 서울의 여의도보다 큰 50만 제곱미터의 캠프 데이비드라는 하드웨어와 강대국 경험이 농축된 외교 소프트웨어를 치밀하게 결합하여 이 대통령을 감탄케 했다.

부시 대통령은 이틀 동안 온전하게 시간을 내 전동카트의 운전석을 이 대통령에게 내주고 함께 식사하고 기도하며 친밀감을 다졌다. 또 경호원 없이 혼자 다니는 소탈한 모습으로 우리 대표단의 긴장을 풀게 했다. 정부의 한 관계자는 "아침에 캠프 데이비드에서 누가 내 앞을 지나가나 했더니 바로 부시 대통령이 혼자 산책을 하고 있었다"며 "이런 분위기에서는 정상끼리 더 친근감을 느끼게 된다"라고 말했다.

부시 대통령은 이 회담에서 한국이 껄끄러워하는 의제를 거론하지 않았다. 그 대신 "이 대통령이 힘들어하거나 한국 입장에서 어려운 것은 이야기하지 말자"라고 제안했다. 동맹을 확대하는 대가에 대해선 한국이 알아서 해달라는, 고도의 외교력이다. 인간관계도 그렇지만 국가 간의 관계도 알아서 해달라고 말할 때 대응하기가 더 어렵다.

부시 대통령의 부인 로라 여사도 미국의 국익을 위해서 두 팔을 걷어부쳤다. 다른 사람도 아닌 미국 대통령 부인이 직접 테이블보를 깔고 음식을 내놓을 때 감동하지 않을 사람이 몇 명이나 될까.

미국의 대통령은 취임하는 순간부터 외교를 최우선으로 생각하고 실천하는 DNA가 형성된다. 미국에서 '대통령학' 전공으로 유명한 하버드대의 로저 포터 교수는 "미국의 대통령은 자신에게 주어진 시간의 절반을 외교 정책에, 그 나머지는 경제 정책에 시간을 쓴다"라고 말했다. 포터 교수는 대통령들의 자서전을 분석한 결과 외교 분야에 대한 언급이 다른 분야에 비해 최고 4, 5배 많다는 분석도 내놓았다.

이젠 우리도 대통령이 외교를 가장 중요한 과제로 인식하고 하드웨어와 소프트웨어를 조화시키는 외교력을 배울 때가 됐다.

휴전일에 성조기 조기 게양

워싱턴에서 취재하는 동안 여러 차례의 감동스러운 일이 있었다. 한국의 위상이 올라가면서 이전에 부임했던 특파원들이 느끼지 못했던 성취감을 맛보곤 했다. 2009년 7월 27일 휴전일을 맞아 당시 미국의 모든 연방 정부 기관에 조기가 게양된 것도 특별한 인상으로 마음속에 각인돼 있다.

오바마 대통령은 7월 27일을 '한국전 참전 용사 휴전일'로 지정하고, 모든 연방 정부 기관에 성조기를 조기 게양토록 지시했다. 이에 따라, 1953년 7월 27일 6·25 전쟁이 휴전된 이래 처음으로 27일 미 연방 정부가 휴전일과 관련된 공식 행사를 개최하며 미국 전역에 조기 게양된 성조기가 휘날렸다. 백악관 포고문에 따르면, 오바마 대통령은 "판문점에서 휴전협정이 체결되고 56년이 흐른 뒤에도, 미국인들은 한국전 참전 용사들의 용기와 희생에 감사하고 있다"라고 밝혔다. 그는 "모든 미국인이 고귀한 한국전 참전 용사들에게 경의를 표하고 감사를 표시하는 적절한 행사와 활동으로 27일 '한국전 참전 용사 휴전일'을 지켜줄 것을 요청한다"라고 밝혔다. 또 "한국전에 참전했다가 사망한 미국인들에 대한 추모의 뜻으로 모든 연방 정부 기관, (6·25 전쟁 휴전에) 관심이 있는 단체와 조직, 개인들에게 27일 성조기를 조기로 달 것을 요청한다"라고 했다. 미국에서 성조기가 조기 게양되는 것은 현충일과 대법원 판사 사망, 연방 상·하원 의원 사망 등이나 대통령이 특별히 지정하는 경우로 제한돼 있다. 이번 조치는 한미 동맹을 더욱 강화하는 상징적 조치로 평가된다.

한편 미 하원이 6·25 전쟁 휴전일에 성조기를 다는 내용을 담은 '한국전 참전 용사 인정 법안'을 통과시킨 데 이어, 상원도 24일 만장일치로 이를 가결했다. 특히 오바마 대통령의 포고문은 의회의 법안 통과와는 별도로, 미 의회에서 법안이 백악관으로 이송되기 전에 이뤄졌다.

　미 행정부와 의회가 동시에 6·25 전쟁 휴전일을 기념하는 조치를 취함으로써, 미국에서 '잊혀진 전쟁'으로 불리던 6·25 전쟁이 본격적으로 재평가되는 계기가 마련될 것으로 전망됐다. 당시 워싱턴 도심 한가운데 있는 워싱턴 모뉴먼트 주변으로 수십 개의 성조기가 조기로 휘날리는 것은 장관이었다. 이날 한국인들이 워싱

턴을 방문할 때 많이 이용하는 덜레스 공항에 다녀온 한덕수 주미 대사의 부인은 이 광경을 보고서 감동했다고 말했다.

미국에서 6·25 전쟁 휴전일에 성조기가 조기 게양돼 휘날리는 모습은 한미 동맹이 굳건함을 보여준 것이었다.

이견인가, 통역 잘못인가

'실패한 정상회담은 없다. 모든 정상회담은 항상 성공적이어야 한다.'

외교관들이 자주 인용하는 외교 격언 중 하나다. 회담장에선 양국 정상이 책상을 치고 싸우는 한이 있더라도 모든 정상회담은 항상 성공한 것으로 보여야 한다는 것이다. 성공한 것으로 포장되기 어려운 정상회담은 여간해선 추진되지 않는다. 2007년 호주에서 폐막된 아태경제협력체(APEC) 회의에서 노무현 대통령이 주변 강대국 중 관계가 좋지 않은 일본의 아베 신조 총리를 만나지 않은 것은 그런 이유다.

한국의 정상회담 역사상 최대의 '재앙'으로 평가되는 2001년 3월 김대중-조지 W. 부시 대통령 회담 역시 처음엔 성공으로 포장됐다. 당시 김 대통령은 새로 취임한 부시 대통령에게 햇볕정책을 설파하다가 면박을 받다시피 했지만 정부 관계자들은 '잘됐다'는 말만 늘어놓았다.

2007년 APEC에서 열린 노무현-부시 대통령 회담 역시 두 정상이 악수를 하고 헤어지기가 무섭게 성공적이라는 평가가 정부에서 나왔다. 청와대의 백종천 안보실장은 "노 대통령과 부시 대통령이 여덟 번째 회담에서 매우 만족스럽게 회담을 했다"라고 말했다. 부시 대통령이 비공개 회담에서 노 대통령을 향해 '친구'라고 한 것도 공개했다.

한미 간에 북한의 비핵화 로드맵을 확정한 이 회담은 우리 정부가 평가하기엔 성공적일지 모른다. 그러나 회담 직후 열린 공개 기자회견에서 두 정상이 평화협정 문제로 불편한 대화를 주고받은 것은 이런 평가를 유보하는 것이 좋다는 생각을 하게 했다.

노 대통령은 부시 대통령이 회견의 모두 발언에서 자신이 듣고 싶었던 평화협정에 대해 확실한 언급을 하지 않자 두 차례 부시 대통령을 채근했다. 하지만 부시 대통령은 굳은 얼굴로 북한 김정일 국방위원장이 해야 할 의무만 강조했다. 이 장면은 '압박' '도전' '불만을 품은' '화난' 따위의 단어와 함께 미국의 언론을 통해 반복적으로 보도됐다. 성공적인 정상회담이라면 결코 들을 수 없는 단어들이다.

이는 양국 외교부가 입을 맞춘 듯 말하고 있는 통역 문제 때문만은 아니다. 노무현 대통령이 2003년 2월 취임 후 끊임없이 보여온 '격식 파괴'와도 관련이 있었다. 이날 부시 대통령의 발언이 성에 차지 않은 노 대통령은 외교 관례에는 어긋나게 자신이 듣고 싶은 말을 해줄 것을 요구했다. 하지만 부시 대통령이 어떤 사람인가. '고집' 하면 누구에게도 지지 않는 사람 아닌가. 오히려 부시 대통령은 북한이 듣기 싫어하며 '사용 중지'를 요구해온 CVID 원칙(모든 핵무기를 '완전하게 검증 가능한 방법으로 돌이킬 수 없게' 폐기)을 강한 톤으로 언급해버렸다. 김정일 위원장에 대해서는 아무런 경칭을 붙이지 않은 채 '김정일'로만 호칭했다. 양국 정상 간의 관계가 좋지 않을 때 어떤 결과가 초래되는지를 이 회담은 잘 보여줬다고 할 수 있다.

체임벌린과 노무현

버락 오바마 미국 대통령은 대통령 후보 시절 "인도, 파키스탄, 북한이 핵무장 국가 클럽에 합류했고, 이란은 핵 클럽 문을 두드리고 있다"라고 말했다. 우리 정부와 미국이 부인하고 있는, 북한이 사실상 핵을 보유하고 있다는 사실을 상기시킨 것이다.

그의 발언처럼 북한이 미국, 중국, 영국, 프랑스, 러시아, 인도, 파키스탄, 이스라엘에 이어 핵무장 클럽의 '9번 타자'가 될 것이라는 전망은 아주 틀린 것이 아니다. 북한이 2007년 말까지 사실상 고철 덩어리인 영변 핵 시설을 불능화한 후 핵보유국으로서 군축 회담을 주장할 것이라는 분석은 근거 없는 것이 아니었다. 외교·안보 전문가들이 볼 때 2007년의 남북 정상회담은 핵실험 성공으로 핵보유국이라고 말할 수 있게 된 지도자와 북한의 핵 보유를 막지 못한 정상 간의 만남이었다.

북한은 이미 핵무기 10여 개를 만들 수 있는 플루토늄 50여 킬로그램을 확보해둔 상태다. 또 2002년 10월 제2차 북핵 위기의 원인이 된 농축 우라늄 프로그램이 치밀하게 작동 중인 사실이 드러 났다.

노무현 당시 대통령은 그렇게 많은 선물을 약속하고도 남북 정상 선언에 '북한의 핵 문제'라는 단어도 명시하지 못했다. 물론 북한 핵무기와 우라늄 농축 프로그램에 대한 언급은 전혀 하지 못 한 채 공동선언에서 '한반도 핵 문제' 해결을 위해 노력한다는 약 속만 하고 돌아왔다.

그럼에도 노 대통령이 4일 귀국 보고회 연설을 통해 "북한 지 도자가 핵 폐기 이행 의지를 밝힌 만큼 (비핵화) 이행에 문제가 없 을 것"이라고 말했다.

조금이라도 역사에 관심이 있다면 노 대통령의 이날 모습에서 유화 정책의 대명사가 돼버린 영국의 네빌 체임벌린 영국 총리를 연상시키는 것은 어렵지 않다.

1938년 10월 독일이 체코를 침공했을 때 뮌헨에서 히틀러를 만나고 귀국한 체임벌린 총리는 '평화 선언서'를 흔들며 "여기에 우리 시대의 평화가 있다"라고 외쳤다. 또 히틀러에 대해 "그는 약 속을 하면 믿을 수 있는 사람이라는 인상을 받았다"라고 했다. 그 러나 불과 1년 만에 히틀러가 폴란드를 침공함에 따라 체임벌린 총리가 '거대한 오판'을 했음이 드러났다.

북한이 그동안 우리 정부 또는 미국과 맺은 합의서대로만 했 다면 이미 평화협정은 체결되고도 남았을 것이다. 하지만 북한은 1991년 남북한이 합의한 한반도 비핵화 공동선언을 1993년 제1차 북핵 위기, 2002년 제2차 북핵 위기, 2006년 제1차 핵실험과 2009

년 제2차 핵실험으로 보란 듯이 깨버렸다. 또 2011년 12월 김정일 북한 국방위원장의 사망 이후 들어선 김정은 체제는 우리 측과의 유소년 축구 경기도 거부하면서 대남 비방을 높여가고 있다. 과거의 역사에서 교훈을 배우지 못한 나라는 결코 번영할 수 없다. 대북 유화 정책이 우리 사회에 가져왔던 폐해를 명심한다면 지금 우리가 취해야 할 정책의 밑그림을 쉽게 그릴 수 있지 않을까.

끝없는 배려 필요한 한미 관계

주미 일본 대사의 '세 가지 No'

일본 아사히신문의 후나바시 요이치 주필이 1990년대 중반 미 국무부의 고위 관리에게 미일 동맹을 유지하기 위해 무엇이 가장 필요한지를 물었다. 후나바시 주필의 저서 『동맹표류(同盟漂流)』에 익명으로 등장하는 국무부 고위 관리의 대답은 명료했다. "끝없는 배려, 끊임없는 재평가, 그리고 끊임없는 재확인이 필요하다. 그것이 한 번으로 끝나는 이벤트여서는 안 된다."

태평양을 사이에 두고 이해관계가 다른 두 나라 간의 동맹을 지속하기 위해서는 양국의 정성스러운 노력이 필요하다는 것을 역설한 대목이다.

후지사키 이치로 주미 일본 대사는 이 말의 중요성을 잘 알고 있었다. 그는 2008년 미 전략국제문제연구소가 주최한 세미나의 청중석에 앉아 있다가 미일 동맹의 장래에 대한 사회자의 질문을 받았다. 미 국무부에서 일본 정책을 총괄하는 커트 캠벨 동아태 담당 차관보가 발표자로 나와 있는 행사였다.

그는 "현재의 정부와 새로 들어오는 정부는 몇 가지 의제에서 차이가 있는 것은 사실"이라고 인정했다. 이어서 "하지만 가장 중요한 것은 민주당은 자민당과 마찬가지로 미일 관계가 계속해서 일본 외교의 주춧돌이 될 것이라고 말한다"는 말로 참석자들을 안심시켰다.

그는 '개인적 발언'이라는 전제를 달고 자신이 하고 싶은 말을 맨 마지막에 언급했다. "미국과 일본 같은 (동맹) 관계를 유지하기 위해서 나는 늘 '세 가지 No'가 중요하다고 말하고 있습니다. 먼저 (동맹국을) 놀라게 하지 말아야 합니다. 또 주요 현안을 과도하게 정치화하지 말아야 합니다. 마지막으로, 동맹 관계를 당연하게 여

기지 말아야 합니다." 미일 관계의 장래를 낙관하면서도 동맹을 지속적으로 발전시켜 나가기 위해 결코 긴장을 풀지 말자는 제언을 한 것이다. 후지사키 대사가 이 발언을 할 때 나는 그의 바로 뒷좌석에 앉아 있었다. 그의 발언을 듣는 순간, '대사가 공개 석상에서 이렇게까지 말할 정도로 동맹의 유지에 대해 신경을 쓰는구나'라는 생각이 들었다.

사실 미국 내에서는 자민당과 다른 노선의 민주당이 집권한다고 해도 미일 동맹은 그렇게 우려할 정도가 아니라는 시각이 많았다. 하토야마 유키오 총리를 정점으로 한 새로운 내각이 갑자기 반미 노선으로 나서서 미국과 대척점을 만들 가능성은 없다는 평가가 많았다.

하지만 돌이켜보면, 후지사키 대사는 바로 하토야마 정권의 반미 성향을 눈치챘던 것 같다. 그랬기에 이 같은 발언을 서슴지 않았다. 일본 사회 전체에는 미일 관계가 악화되기 전에 사전 조치를 취하는 장치가 비교적 잘 작동돼왔다. 양국은 1996년 4월 빌 클린턴 대통령과 하시모토 류타로 총리가 서명한 안보 공동선언으로 동맹의 '권태기'를 비교적 슬기롭게 극복했다. 이에 따른 미일 방위 협력 지침도 이듬해인 1997년 6월 마련돼 주일 미군 기지 이전에 대한 잡음을 줄였다.

2011년 노다 요시히코 내각은 후지사키 대사의 발언을 중시했는지 출범 직후부터 미일 동맹을 튼튼히 하는 데 주력하고 있다. 한미 동맹을 안정적으로 관리하기 위해서는 후지사키 대사의 '세 가지 No'가 의미하는 바를 가슴에 새길 필요가 있다.

상대방을 놀라게 하지 말아야

이해관계가 다를 수밖에 없는 두 나라 간의 동맹 유지를 위해 가장 중요한 요소를 꼽으라면 단연, 상대 국가에 대한 배려다. 그 배려 중에서 제일 필요한 것은 상대방을 놀라게 하지 않는 것이다. 후지사키 이치로 주미 일본 대사가 세미나장에서 '동맹을 유지하는 세 가지 No' 중 첫 번째로 언급한 것도 바로 이것이었다.

이명박 대통령이 임기 초반에 북핵 문제 해결 방안으로 제안한 '그랜드 바긴(Grand Bargain)' 논란은 한미 양국이 이런 기초적 원칙을 서로가 무시했다는 데 문제가 있다.

2009년 우리 정부는 미국과 완벽하게 조율하지 않은 상태에서 핵 폐기와 안전 보장, 국제 지원을 일괄 타결하는 '그랜드 바긴' 개념을 제안하여 미국을 놀라게 했다.

이 대통령의 발언이 나오고 하루 뒤에 미 국무부의 이언 켈리 대변인이 정례 브리핑에서 '그것은 한국의 정책'이라고 말한 것도 우리 정부에는 충격이었다. 이에 대해 해명할 것으로 예상됐던 브리핑에서도 켈리 대변인은 "'그의 제안'의 구체적인 내용에 대해서는 한국 정부에 물어보라"라고 해 여전히 입장 차이가 있다는 뉘앙스를 풍겼다. "(북한을 제외한) 5자 사이에는 (북핵 해결의) 진전을 위한 매우 폭넓고 깊은 공감대가 형성도 있다"는 말도 했지만 의례적이라는 느낌을 줬다.

우리 정부는 이 대통령의 해외 방문 중에 국내외의 주목을 받는 '작품'을 만들어야 한다는 강박관념 때문에 미 정부 관계자들을 놀라게 하고 불쾌감을 줬다. 논란이 발생한 후에 나온 청와대의 설명대로 '그랜드 바긴'과 버락 오바마 행정부의 '패키지 딜'은 별 차이가 없는데도 '한건주의'에 집착한 면이 있다.

오바마 행정부는 우리 정부의 미숙함을 비공개리에 수정하지 않고, 이를 정면에서 반박하는 모양새를 취했다. 동맹국과는 비공개된 방에서 고성을 지르며 싸우다가도 문밖을 나설 때는 손을 잡고 웃어야 한다는 격언을 잊은 것이다. 아마도, 북한은 한미 동맹에 이렇게 틈이 벌어지고 앙금이 생기는 것을 즐기고 있을 것이다.

한국 배려 부족했던 미국

정상회담과 관련된 것에 대해선 아무리 작은 것이라고 해도 사전에 수차례 논의되고 합의된 것만 발표해서 잡음을 최소화하는 것이 관례다. 정상회담 시기에 대해 '양국 정부가 동시에 발표할 때까지 엠바고(보도 제한)'라는 표현을 자주 사용하는 것도 이 때문이다.

이런 점에서 백악관의 데이너 페리노 대변인이 2008년 우리 정부와 상의 없이 조지 W. 부시 대통령이 다음 달 방한하지 않으며 주요 8개국(G8) 정상회의에서 만난다고 발표한 것은 외교적 결례에 속한다.

우리 정부가 페리노 대변인의 발표 후에 허겁지겁 이명박 대통령과 부시 대통령이 일본 G8 정상회의에서 만난다는 사실을 발

표한 것이 이를 증명한다.

페리노 대변인은 한국에 대한 배려가 부족한 말도 했다. "부시 대통령이 8월 아시아를 방문할 때 분명히 다른 (방한) 기회가 있을 것"이라고 한 것은 마치 강대국이 시혜를 베푸는 듯한 뉘앙스였다.

백악관의 발표대로라면 한국은 미국산 쇠고기 수입 문제와 관련 없이 부시 대통령의 방한을 희망하고 있으며 미국은 이에 대해 소극적인 것으로 보인다.

미국 대통령의 한국 방문이 절대선인 시대는 이미 지나갔다. G8 회의에서의 한미 정상회담도 그렇지만 퇴임을 앞둔 부시 대통령의 8월 방한에서 중요한 성과가 나오기 어려웠다.

당시 양국이 추가 협의까지 진행한 미국산 쇠고기 수입이 어려움을 겪는 상황에서 이보다 더 어려운 문제에 대해 합의할 가능성은 거의 없었다. 또 굳이 퇴임하는 부시 대통령에게 중요한 '선물'을 할 필요가 있었을까 하는 생각이 들었다.

'노무현 정부, 대선 끝나자 플러그 뽑아버려'

알렉산더 버시바우 주한 미국 대사는 매우 유능한 외교관이었다. 나는 그가 한국에 부임한 2005년부터 취재하면서 그가 상당히 뛰어난 외교력을 갖고 있는 것을 알게 됐다. 또 기자들과 함께 경주로 1박 2일의 워크숍을 갔을 때도 전임 주한 미국 대사들과는 달리 새벽 1시 가까이 노래방에서 열창을 할 정도로 친화력도 좋았다.

하지만 사이가 좋지 않았던 조지 W. 부시 대통령과 노무현 대통령 사이에서 버시바우 대사가 할 수 있는 일은 많지 않았다. 두 정상 간의 불화가 계속되면서 가슴앓이를 하는 경우가 많았다.

버시바우 대사는 특히 그가 재임 시절 겪었던 2008년의 미국산 쇠고기 파동을 비판적으로 회고했다. 버시바우 전 대사는 한미경제연구소가 발간한 『대사들의 회고록』에서 한국에서 발생한 쇠고기 파동의 책임을 노무현 정부에서 찾았다. "(한국에서의) 쇠고기 위기는 나의 32년간의 외교관 생활 중에서 가장 기상천외하고 절망적이었던 장면 중 하나였다." (이 회고록엔 1980년대 이후 역대 주한 미국 대사 여섯 명과 주미 한국 대사 다섯 명의 외교 일화가 담겨 있다.) 버시바우 전 대사는 노무현 정부가 2008년 4월 현 이명박 정부가 했던 것과 똑같이 국제수역(獸疫)사무국의 결정에 따라 2단계에 걸쳐 쇠고기 수입을 완전 개방을 한다는 제안을 했으면서도 2007년 대선 이후 정권 이양기엔 "공식 협상이 시작되기 전 '플러그'를 뽑아버렸다"라고 비판했다.

이어 "2008년 5월 '미국의 광우병 쇠고기'의 위험성에 대한 언론의 과장 보도로 국민들의 병적인 흥분이 터져 나올 때, '노무현의 당'은 자신의 지도자가 제안한 것에 대한 집단적 건망증을 발전시키고 여름 내내 국회의 정상적 기능을 방해했다"라고 평가했다.

버시바우 전 대사는 미국 쇠고기 사태의 원인과 관련하여 "2008년 4월 말 방송된 특히 선정적인(사실을 왜곡한) MBC 방송의 다큐멘터리는 전국적인 패닉 현상을 불러일으켰으며 이는 대사관저에서 몇 블록 떨어진 곳에서 거의 3개월 동안 진행된 촛불 시위로 이어졌다"라고 말했다.

버시바우 전 대사는 당시 미국산 쇠고기에 대해 사실과 과학을 살펴보라고 설득하려 했지만 이는 쇠귀에 경 읽기였으며, 일부 언론은 자신이 '과학적으로 잘 교육받은' 한국인을 모욕했다고 왜곡된 보도를 했다고 말했다.

이는 한승주 전 주미 대사가 자신의 재임 시절(2003~2005) 한미 양국의 논의는 모든 단계에서 마치 적국 간 협상 같았다고 평가한 것과 맥락을 같이한다.

허버드 전 미국 대사의 후회

역사의 진실은 회고록에서 드러난다는 말이 있다. 최근 2000년대 초반 한국에 근무했던 미국 측 인사들이 잇달아 내놓은 회고록은 그런 면에서 중요한 의미가 있다. 대한민국이 '좌회전'을 하던

2001년부터 2004년까지 주한 미국 대사로 재임한 토머스 허버드는 2002년 미군 장갑차에 의한 여중생 사망 사건을 가슴 아프게 생각한다. 그는 비극적인 사고가 발생한 직후 조지 W. 부시 대통령의 사과를 강력히 밀어붙이지 못한 것이 가장 크게 후회된다고 『대사들의 회고록』에서 밝혔다. 미국이 잘못 다룬 여중생 사망 사건이 당시 대통령 선거에 영향을 끼쳤다는 평가도 기록했다. 그는 여중생 사망 사건이 노무현 후보가 대통령에 당선되도록 하는 데 큰 역할을 했다는 것은 의심의 여지가 없다고 평가했다. 또 주한 미군 재조정 문제와 관련하여, 옳은 일이기는 하지만 한미 양국이 더욱 신중하게 이를 추진했어야 한다고 말했다.

같은 시기 주한 미군 2사단장이었던 러셀 아너레이도 얼마 전 이 사건에 대한 미국의 대응에 문제가 있었다고 술회했다. 재난 전문가로 활동 중인 그는 『생존』이라는 책에서 이 문제를 언급했다. "여중생 사건 발생 후, 2사단의 입장 발표를 공보 담당 소령에게 맡겼는데 이 장교는 사죄하는 태도가 아니라 해명하는 자세를 보였다"라고 했다. "이는 결국 한국인들에게 잘못된 메시지를 주게 됐고 전국적인 시위로 이어졌다"라며 "그때서야 내 실수를 깨달았지만 너무 늦었다"라고 자책했다.

후회가 없는 인생이란 존재하지 않는다. 사람이기에 늘 실수하기 마련이고 이는 후회로 이어진다. 그러나 한반도 정책에 영향을 미치는 주한 미국 대사나 주한 미군 고위 지휘관의 후회는 일개 민간인의 반성과 같을 수는 없다.

미 행정부 관계자들은 2002년 여중생 사건이 발생했을 때 당시로서는 나름대로 합리적인 판단을 내렸다고 생각했다. 한국의 안보를 위한 훈련 중에 시야가 충분히 확보되지 않은 상태에서 발생했다는 법적인 측면을 중시했다. 이 사건이 가져올 미래의 파장보다는 당시의 상황을 합리화하는 데 주력했다. 결과적으로 미국의 대응은 미숙하다 못해 어리석었다는 것이 드러나는 데 오래 걸리지 않았다. 이를 당시의 주한 미국 대사와 미군 2사단장이 회고록에서 입증한 것이다.

버락 오바마 미 행정부가 북한을 다루는 정책은 이런 상황을 연상시키는 측면이 있다. 오바마 행정부는 부시 전 행정부와는 다른 정책으로 쿠바, 이란, 시리아 등과 화해하고 있는데 북한만 기회를 놓치고 있다고 비판한다. 북한만이 대화에 응하지 않고 있다며 북한 문제 우선순위의 '하향 조정'을 합리화하고 있다.

김정일 북한 국방위원장의 사망 후에도 북한이 상황 판단을 잘 못하고 있다는 평가에는 이론의 여지가 없다.

하지만 그렇다고 해서 북한 문제를 뒤로 제쳐놓은 채 북한의 자기 파멸 행위를 지켜보는 것이 최선책인지에 대해서는 재고해봐야 한다. 부시 전 행정부가 북한을 무시하는 정책을 고집한 것이 결국 북한이 2006년 핵실험을 하도록 자극했다는 일각의 평가도 유념할 필요가 있다.

오바마 행정부의 외교·안보 정책 담당자들도 머지않아 회고록을 쓰게 될 것이다. 그때 '김정은 체제를 더 잘 설득했어야 했다', '좀 더 인내심을 갖고 끈질긴 대화 노력을 했어야 했다'는 후회가 기록되지 않기를 기대한다. 북한이 핵탄두를 장착한 대륙간 탄

도미사일로 전 세계를 위협하는 시나리오를 상상한다면 돌파구를 찾아야 한다. 2011년 김정일 국방위원장의 사망 후에 몸을 웅크리고 있는 북한을 밖으로 끌어내는 데 모든 것을 집중해야 한다.

호주머니에 손 넣은 미 국무부 부장관

2011년 1월 외교통상부 청사의 접견실에 한국을 방문한 제임스 스타인버그 미 국무부 부장관이 들어오자 카메라 플래시가 터졌다. 김성환 외교통상부 장관이 웃는 얼굴로 오른손을 내밀었다. 스타인버그 부장관이 왼손을 호주머니에 넣은 채 악수를 했다. 사진기자들을 향해 포즈를 취할 때도 왼손은 호주머니에서 나오지 않았다.

김 장관을 만나고 내려온 그가 외교통상부 청사 이층 로비의 약식 기자회견장의 마이크 앞에 섰다. 이번에는 두 손을 모두 호주머니에 찔러 넣은 채였다. 그가 세 개의 질문에 답하는 동안 이 자세는 거의 변하지 않았다.

스타인버그 부장관이 추워서 그런 것은 아니었다. 2010년 6월에도 외교통상부 청사를 방문하여 유명환 당시 장관을 만났다. 이때도 그의 왼손은 호주머니에 들어가 있었다. 아예 두 손을 호주머니에 넣은 채 유 장관 옆을 어슬렁거리는 장면이 찍힌 사진도 있다.

이런 모습이 알려지면서 '불쾌하다'는 반응이 나오고 있다. '한국의 차관급인 그가 외교통상부 장관을 예방할 때마다 상습적으로 결례하는 것 아니냐'는 지적도 있다. 그렇지 않아도 그의 직설적이고 겸손하지 않은 처신을 두고 이런저런 뒷말이 나오는 상황이다. 주한 미국 대사관 측은 "관료 출신이 아닌 그는 외국에서도 캐주얼한 스타일로 통한다. 다른 뜻이 있는 것은 아니다"라고 했다.

아무리 자유분방한 미국이라도 해도 외국의 고위 인사를 만나는 공개 석상에서 손을 호주머니에 넣고 있는 모습이 보편적인 것은 아니다. 기자가 워싱턴 특파원으로 근무할 때도 그런 장면을 본 기억이 거의 없다.

그의 상사인 힐러리 클린턴 국무장관은 2010년 처음으로 4개년 외교·개발 정책 검토 보고서(QDDR)를 발표했다. 이때 외국 문화에 대한 존중이 필요하다는 뜻을 밝혔다. 버락 오바마 대통령이 외국에서 인기가 높은 것은 강대국의 리더이면서도 공개적인 자리에서는 다른 정상들을 깍듯이 예우하기 때문이다. 스타인버그 부장관 사건은 고위급 외교관의 사려 깊지 못한 행동이 큰 논란을 불러올 수 있음을 상기시킨 것이라고 할 수 있다.

KOICA 홍보 모델 '심은경'

"한국국제협력단(KOICA)이 해외봉사단을 모집하면서 평화봉사단원이었던 제게 도움을 요청하더군요. 그래서 사진 촬영에 응했는데 이렇게 나를 돋보이게 하는 광고가 나올 줄 몰랐어요."

2011년 이임 인터뷰를 위해 만난 캐슬린 스티븐스 주한 미국 대사에게 KOICA가 그를 홍보 모델로 기용한 신문광고를 내밀자 얼굴에 수줍은 미소가 번졌다. 3년 임기를 마치고 떠나는 그는 KOICA 홍보 모델을 한국인들이 주는 훈장으로 여기는 듯했다.

불과 몇 년 전만 해도 주한 미국 대사가 한국 정부 기관의 신문광고에 나올 줄은 상상하지 못했다. 이는 '미국과의 동맹을 재고해야 한다', '한국과 이혼하라'는 목소리가 공개적으로 나올 정도로 불안정했던 한미 관계가 안정됐음을 상징하는 것이다.

한국에서의 스티븐스 대사의 활동이 호평만 받은 것은 아니다. 한미 관계의 내실을 다지기보다는 미국의 이미지를 다듬는 '공공외교'에만 신경을 쓴다는 지적이 나왔다. 해녀 체험을 하고, 연극 공연 무대에 서고, 자전거를 타고 장거리 여행을 하는 그를 비판적으로 보는 시각도 존재했다. 분명 그런 면이 없는 것은 아니다.

하지만 그는 시골 장터를 찾아 촌부(村婦)의 손을 잡고, 전임자들이 가볼 생각을 하지 않던 지방 도시를 돌며 한국인들의 여론을 청취한 유일한 미국 대사였다.

그의 관저는 가수 김태우가 열창하는 콘서트장으로, 탈북자 출신 대학생의 졸업을 축하하기 위한 리셉션장으로 자주 변모했다. 1980년대 반미의 진원지였던 광주광역시의 한 여고에서 강연을 한 것도 양국 관계를 가깝게 하려는 노력 중의 하나였다.

그는 미국의 이익을 위해 하루 24시간을 사는 외교관이지만 한국에 애정과 관심을 가지고 있음을 여러 차례 느낄 수 있었다. 그의 자전거 여행에 동행해서 경기도 수원시 화성을 지날 때다. 그가 자전거를 멈춰 세우고 동행하던 16명의 미국 외교관·군인에게 사도세자와 화성의 역사를 설명하기 시작했다. 근처에서 부채춤 공연이 벌어지는 것을 보자 갑자기 진로를 바꿔 다가간 후, 탄성을 질렀다. 그가 조선일보와의 인터뷰에서 '한국을 떠나기 싫다'라고 할 때는 진심이 느껴졌다.

어느 때보다 양국 관계가 평안한 상황에서 임기를 마치는 스티븐스 대사지만, 긴장을 늦춰서는 안 된다고 강조한다. "현재의 한미 관계를 당연한 것으로 받아들여서는 안 된다"라며 주한 미국 대사 업무를 자전거 타기에 비유했다. "자전거가 멈춰서는 순간 쓰러진다."

스티븐스 대사가 한국에서 출간한 책의 제목은 『내 이름은 심은경입니다』다. 그는 이 저서에서 한미 관계는 '최선을 다하되 최악의 상황에 대비하라'는 영어 속담이 필요하다고 했다. 한반도의 미래를 아무도 예측할 수 없기 때문에 긴밀한 한미 관계가 그 어느 때보다 중요하다는 것이다. 그동안 스티븐스가 부지런히 페달을 밟아온 한미 관계를 다음 달 부임하는 한국계 성 김 대사가 더 높은 고지에 올려놓기를 바란다.

미국이 바라보는 한국의 통일은?

제임스 켈리 전 미 국무부 동아태 차관보는 미국의 초대 북핵 6자 회담 수석대표를 역임했다.

그는 대북 온건파로, 한국에 대한 자신의 생각을 드러낸 적이

별로 없다. 여러 차례 그를 인터뷰했을 때도 신중하게 북한의 핵 활동과 관련된 발언만을 주로 했었다.

그랬던 켈리 전 차관보가 2009년 미국의 닉슨 연구소가 발간하는 『내셔널 인터리스트』에서 한국에 대해 비판적인 분석을 했다.

그는 「지금 당장은 두 개의 한국」이라는 제목의 기고문에서 미국 사회 일각에서 제기하는 북한 붕괴론의 문제점을 비판했다. "북한을 제거하는 것은 희망일 뿐이며 이를 급속히 추진하는 것은 위험하며 비용이 많이 들 수 있다"라는 것이다.

그가 '한반도 현상 유지'의 중요한 논거로 삼은 것은 한국 사회의 북한에 대한 태도였다. 그는 "한국의 비약적 경제성장은 역설적으로 한국 국민들이 분단의 현상 유지를 편안하게 여기며 살도록 만들었다"라고 지적했다. 또 한국인들은 추상적으로는 통일을 선호하지만 경제적 궁핍과 북한 주민들을 흡수해야 하는 잠재 비용을 두려워하고 있다고 평가했다. 그 결과로 "북한에 대해 엄청난 무관심과, 한국 정부의 정치 성향에 관계없이 북한과의 긴장을 회피하고 심지어 '보호용' 자금을 주는 경향을 낳았다"라는 것이다.

한반도 정책을 4년간 담당했던 켈리 전 차관보의 분석은 분단국가인 한국이 미국에 어떻게 비춰지는지를 정확하게 보여주는 사례다. 미국 정부 관계자와 한반도 전문가들은 한국 내에서 북한 인권에 대해서 말하면 '또 그 이야기냐'라며 지겨워하는 상황을 잘 알고 있다. 이들은 보수주의 정권이 들어선 후에도, 북한의 '협박'에 굴복해서 집권당 대표까지 나서서 민간단체의 대북 전단 살포를 가로막는 상황을 주시하고 있다. "탈북자들이 한국의 대통령보다 미국의 대통령을 만나는 것이 훨씬 더 쉽다"라며 조소하는 한반도 전문가들도 있다.

같은 해 워싱턴 포스트가 북한의 강제수용소를 탈출한 신동혁 씨를 보도하면서 한국의 북한에 대한 무관심을 지적한 것도 이런 맥락이다. 이 신문은 "신 씨가 살고 있는 한국에서 단지 500명만이 그의 책을 샀다는 사실은 소름 끼친다"라고 비꼬았다.

문제는 미국의 한반도 전문가들과 언론의 이 같은 분석이 낯 뜨겁게 하는 데 그치지 않는다는 것이다. 북한에 대한 무관심과 북한의 위협에 잇달아 굴복하는 한국의 현실은 미국의 대한반도 정책 형성에 고스란히 반영된다. 미 국무부·국방부의 정책 결정 담당자들이 한반도 정책을 논의할 때 켈리 전 차관보처럼 당분간은 한반도 통일이 아니라 현상 유지를 해야 한다고 주장할 가능성이 있는 것이다.

김정일 북한 국방위원장이 사망한 후에 북한 문제는 내일 처리해도 될 문제에서 '오늘의 문제'가 되고 있는 것이 현실이다. 그럼에도 불구하고 한국 사회가 전체적으로 북한에 대한 태도를 바꾸지 않는 한, '워싱턴 벨트'에서 한국을 비판적으로 바라보는 시각이 바뀌기는 어려울 것 같다.

{ 양국 관계의 시험대,
한미 FTA }

'적반하장'이었던 미국

한미 FTA의 체결에서 발효까지 4년이 넘게 걸리면서 한국은 적지 않은 내상을 입었다. 한국에서 좌우의 대립이 심해지면서 국회 내에서 민노당 의원에 의해 최루탄이 터지는 등 국가 위기 상황까지 갔었다.

2007년 6월 30일 체결된 직후 한미 양국에서 비준됐더라면 아마도 이런 어려움은 없었을지도 모른다. 특히 미국은 한미 FTA 비준을 늦추고 재협상을 주장하면서 그 모든 책임을 우리에게 떠넘겨 논란을 빚었다.

론 커크 미 무역대표부(USTR) 대표가 대표적이었다. 커크 대표는 2010년 연방 상원의 농림식량위원회 청문회에 출석해서 의원들로부터 한미 FTA에 대한 우려 섞인 질의를 들었다. 그러자 한국이 미 의회의 '비우호적인 환경'을 이유로 뒤로 숨어 있지 말고 협상 테이블로 나오는 것이 중요하다고 사실과 다른 말을 했다.

그는 "나는 한미 관계가 최근 버락 오바마 대통령이 이명박 대통령에게 한 다짐에서 입증되듯이 더 이상 튼튼할 수 없다고 생각한다"라고 말한 후, "가끔 우리의 (한국) 파트너들로부터 미국의 국내 환경에 대한 얘기를 듣는데 솔직히 나는 그들의 말을 심하게 반박한다"라고 했다. 그는 "나는 우리의 교역 파트너들이 미국 의회의 태도에 관해 우려하면서 뒤로 숨는 것에 대해 일종의 신물이 났다"며 미국 국민들이 좋지 않은 교역 결과를 갖도록 할 수는 없다고 말했다.

커크 대표는 또 "한국이든 세계무역기구의 어떤 회원국이든 간에 미국 내의 '환경' 뒤에 머물지 못하도록 할 것"이라며 "중요한 것은 (협상) 테이블로 나와 진정한 시장 접근을 제공하고 자신들의 행동을 개혁하고, 우리가 그들에게 부여한 것과 똑같은 권리를 우리에게도 줘야 한다는 것"이라고 했다.

이날 커크 대표의 발언은 청문회에 출석한 상원의원들을 배려한 것이라고 해도 한미 FTA가 발효되지 않은 것을 남의 탓으로 돌리며 한국 정부를 비판한 것은 사실을 왜곡하는 무책임한 것이다. 2007년 6월 한미 FTA가 체결된 후, 발효되지 않은 것은 미국 내부의 문제 때문이지 한국 때문이 아니다.

오바마 행정부는 조지 W. 부시 행정부가 합의한 한미 FTA가 일부 미흡하다고 보고 재논의를 주장했지만, 한국에 제시할 수정안을 확정하는 데 상당한 시간이 걸렸다.

이런 상황을 너무도 잘 알고 있는 커크 대표가 '한국이 미 의회 환경을 핑계 삼아 뒤에 숨어 있다'는 식의 모욕적인 발언을 한 것은 다목적 포석이었다. 한국을 향해서는 한미 FTA 추가 논의에서 조금이라도 더 양보를 받아내기 위해 압박을 하고 나온 측면이 강했다. 조만간 본격적으로 시작될 양측 간의 논의에서 기선을 제압하기 위해 자극적 발언을 했을 수 있다.

또 2010년 11월 중간선거를 염두에 두고 한미 FTA를 반대하는 노조 등 민주당 지지 세력에 '영합'하기 위해서 인기 발언을 했다는 분석도 나왔다.

워싱턴의 한 외교 소식통이 "앞으로 한미 FTA 재논의 과정에서 커크 대표의 이날 발언보다 훨씬 더 자극적이고 강경한 발언이 나올 가능성이 크다고 봐야 한다"라며 "한국이 이에 대해 슬기롭게 대처하는 전략이 필요하다"라고 한 기억이 새롭다. 커크 대표는 자국의 이익이 걸린 협상에서는 과장된 발언을 해서라도 상대방을 압도해야 한다는 철학을 가진 정치인이었다.

한미 FTA 처리에 시간 끈 오바마 정부

커크 미 무역대표부 대표 외에도 오바마 정부의 고위 공직자들이 한미 FTA를 처리하는 방식에는 문제가 많았다. 이들은 주로 미국 내의 정치적 문제를 탓하기보다는 한국을 향해 손가락질을 하는 경우가 많았다.

2010년 3월 워싱턴의 전략국제문제연구소가 주최한 드미트리어스 마란티스 무역대표부 부대표의 강연회도 그런 경우였다.

이 강연회는 원래 미국의 대아시아 무역 정책을 설명하는 자리였다. 하지만 청중석에서 나온 열 개의 질문 중 네 개나 한미 FTA에 집중된 것에서 보듯이 참석자들의 관심은 미국의 FTA 정책에 있었다. 로이터 통신 기자를 시작으로 한미경제연구소 연구원 등이 잇달아 손을 들고 일어섰다. 이들은 한미 FTA의 재논의 시점 및 비준 여부에 대한 진전된 답변을 기대했다.

하지만 마란티스 부대표의 대답은 대단히 실망스러운 것이었다. 그는 "한국에 우리 측 안을 제시하기 전에 이해 당사자, 의회와 협의할 것들이 아직 많이 남아 있다"라고 했다. "의회가 통과하기 쉬운 방안을 준비해야 한다"는 말도 했다. 여전히 오바마 정부 내에서 자동차 문제에 대해 어떤 협상안을 제시할지 내부 정리가 안 돼 있음을 시인한 것이다.

그는 미국 자동차가 한국에 수출이 되지 않는 이유가 한국에 있다는 식의 발언도 주저하지 않았다. "한국은 오랫동안 한국 시장에서 외국 자동차를 배척해온 나쁜 역사적 유산을 갖고 있다"라고 말하며 이를 극복하기 쉽지 않다고 했다. 그의 말은 분명 사실을 왜곡한 것이다. 한국 자동차 시장에서 외국 차 점유율은 급속히 늘고 있다. 매년 10만 대에 가까운 외국 자동차가 수입되고 있으며 앞으로 더 늘어날 것이 분명하다. 마란티스 부대표의 발언은 미국 정부가 빠르게 변화하는 한국 자동차 시장 상황을 도외시하고 한미 FTA를 진전시킬 준비를 거의 하지 않고 있다는 사실을 보여줬다.

이것이 오바마 행정부에 만연해 있는 한미 FTA에 대한 인식이었다. 오바마 행정부는 당시 한국 상황을 제대로 들여다보지도, 언제 협의를 시작할지 시간표를 제대로 제시하지도 않았다. 한국이 한미 FTA로 큰 진통을 겪은 배경에는 미국의 이 같은 대응도 한몫했다.

눈물 흘린 미국의 무역대표부 대표

상대가 아무리 동맹국이라고 해도 협상장에 앉은 이들은 냉정하다. 특히 FTA를 교섭하는 한미 양국의 관계자들은 더욱 그러했다.

한미 FTA 과정에서 수전 슈워브 미 무역대표부 대표가 눈물을 흘리는 일도 있었다. 2008년 7월 한미 쇠고기 추가 협상이 타결된 후, 워싱턴의 한 소식통으로부터 '슈워브 대표가 눈물을 흘렸다'는 말이 나왔다. 상당히 흥미로운 얘기였다. 당장 이에 대한 추가 취재에 들어갔다. 다른 소식통으로부터 "끝없이 강경한 입장을 보이는 김종훈 당시 통상교섭 본부장과 '한국의 주장을 가능하면 들어주라'는 백악관의 지침에 끼어 협상 주도권을 상실한 슈워브 대표가 눈물을 흘렸다는 얘기가 나왔다"는 발언을 취재했다.

당시 협상 첫날 김 본부장은 세 장의 사진을 협상 테이블에 꺼내놓았다고 한다. 촛불 시위 최대 인원을 기록한 지난 10일 광화문 일대를 찍은 사진이었다. 그는 슈워브 대표에게 "이 사진을 봐라. 과학(미국산 쇠고기의 과학적 안전성)으로 설명될 사진이냐"라고 말했다.

잠시 뜸을 들인 뒤 김 본부장은 굳은 표정으로 "이번 협상이 타결되지 않으면 당신은 한미 관계를 망친 장본인으로 (역사에) 기록될 것"이라고 말했다.

부시 미국 대통령은 유럽 순방 중에 장관급 쇠고기 추가 협상이 시작된다는 보고를 받고 최대한 한국의 입장을 반영하라는 지시를 내린 것으로 알려졌다. 그러나 협상 테이블에 앉은 슈워브 대표는 강경한 모습을 보였다. 슈워브 대표는 협상 이틀째 '품질 관리 시스템 평가(QSA)' 프로그램이라는 협상안을 제안하면서도 한국 정부의 검역 권한 강화에 대해선 완강하게 반대했다.

이견이 좁혀지지 않자 김 본부장은 협상 결렬도 불사하겠다는 초강경 카드를 꺼내 들었다. '귀국하겠다'라고 미국 측에 통보하고 뉴욕발 대한항공에 탑승하기 위해 뉴욕으로 향하는 기차에 올랐다.

백악관은 비상이 걸렸다. 백악관 고위 관계자는 이태식 주미 대사에게 전화를 걸어 한국의 입장을 반영하도록 노력할 테니 김 본부장의 귀국을 만류해줄 것을 요청했다. 이때부터 김 본부장이 협상의 주도권을 쥐게 됐다. 김 본부장은 이후 슈워브 대표와의 협상을 회고하며 "참 힘든 협상이었다. 인간적으로는 슈워브 대표에게 미안하다"라고 했다.

김종훈 본부장의 고백

한미 FTA 협상 주역으로 국민들에게 깊은 인상을 남긴 '화이트 헤드' 김종훈 통상교섭 본부장은 여전히 투박한 사투리를 쓴다. 표현도 솔직하고, 직설적이다. 사석에서 하는 말을 들으면 '외교관 맞나'라는 생각이 들 정도다. 그런 그가 이런 말을 했었다.

"제 학교 성적표를 보면, 김종훈이가 '솔직·담백하다'라고 돼 있습니다. 그러나 미국과의 한미 FTA 협상에선 그러지 못했습니다. 협상하느라고 그 솔직·담백함이 많이 훼손됐습니다."

워싱턴에서 한미 FTA 서명식이 끝난 후, 우리 측의 김종훈 한미 FTA 협상 수석대표가 한 '고해성사'다. 김 대표는 워싱턴 특파원들과 만나 "협상하다 보니, 별 수 없었다. 1년 내내 솔직담백하지 못했다. 협상에선 전략과 전술이 우선이기 때문"이라고 털어놓았다.

1999년부터 외교통상부를 취재하면서 김 대표를 지켜봐온 기자에게 그의 고백은 의미심장하게 다가왔다. 세련된 외모와는 달리 경상도 사투리가 툭툭 튀어나오는 김 대표는 외교통상부에서 겉과 속이 다르지 않는 외교관으로 손꼽혔다. 마음에 들지 않는 사람을 평가할 때면 "전마(저 녀석), 순 엉터리데이"라고 외교적 수사를 생략한 채 말하곤 했다. 그래서 그가 한미 FTA 협상 수석대표로 발탁됐을 때 기자는 고개를 갸웃거린 적도 있었다.

그의 고백은 엄청난 국가 이익이 달린 국가 간 협상에서 목적

달성을 위해 '마키아벨리적인 인간'으로 변모했음을 의미한다. 때론 진실도 숨겨야 하는 냉혹한 협상 현장의 이면을 보여준 셈이다.

김 대표는 FTA 협상을 성공적으로 이끌기 위해 언론을 적절히 활용했음을 시사하는 발언도 했다. "미국으로부터 추가 협상 요청을 받고, 관련 부처와 협의 후 본질적으로 문제가 없다는 판단을 내렸습니다. 그러나 미국의 요구가 별것이 아니라고 하면, 그 대가로 우리가 아무것도 요구할 수가 없습니다. 그래서 (언론에 대고) 힘든 부분이 있다고 한 것입니다."

김 대표에 앞서 한미 FTA 서명식에서 연설을 한 김현종 통상 교섭 본부장의 발언도 흘려들을 수 없었다. "태평양 건너편(미국을 의미)에도 한미 FTA의 이익이 클 것입니다. 한미 FTA는 미국의 산업, 서비스 그리고 농업 분야에서 새로운 기회를 많이 제공할 것입니다. 미국 기업들이 역동적인 지역에서 우리와 함께 지속적으로 성장할 수 있는 기회를 부여할 것입니다."

이번 협상 결과가 미국에도 유리한 부분이 있다는 김 본부장의 발언은 미국 측 참석자를 의식한 '립 서비스' 측면도 있지만, 100퍼센트 진실을 담고 있다. 제대로 된 국가 간의 협상에서는 일방적으로 한쪽이 압승하거나 참패하는 협상 결과가 나올 수 없음을 시사했다고 볼 수 있다. 한미 FTA 협상 결과에 대해선 평가가 엇갈리지만, 우리나라가 미국에 10대 0으로 이기거나, 미국에 9대 1로 지지 않은 것은 확실하다. 양국 정부가 판단하기에 적절한 수준에서 이익의 균형점이 찾아졌기에 최종 서명을 한 것이다.

한 고참 외교관은 "정상적인 시스템이 작동하는 나라끼리의 협상에서는 대개 5대 5나 5.5대 4.5의 협상 결과가 나오게 돼 있다"라고 말했다.

한미 FTA는 '협상학' 측면에서 여러 가지 되새겨볼 만한 요소를 많이 남겼다. 국회에서 비준 동의를 받은 한미 FTA에 대해 폐기 주장을 하거나 '미국의 식민지로 전락했다'는 식의 극단적 평가를 하는 것은 결코 국익에 도움이 되지 못한다.

예견됐던 한미 FTA 오역 사태

2009년 2월 19일 국회 외교통상통일위원회 소회의실에서 일어난 일이다. 외교통상부가 제출한 한국과 베트남 간의 '수형자 이송 조약 비준 동의안'을 논의할 때였다. 외교통상부 장관 출신의 민주당 송민순 의원이 신각수 당시 외교통상부 제1차관에게 말했다.

"수용 당사국은 '제8조 제3항 다목'에 따른 형의 변경 여부를 이송 당사국에 통지한다고 돼 있는데, 우리 방에서 검토해보니까 실제 제8조 제3항에는 '다'목이 없어요." 영문본처럼 8조 3항이라고만 해야 하는데 '다목'이 불필요하게 들어간 것을 지적한 것이다.

조문을 살펴본 신 차관이 즉각 사과했다. "영문은 제대로 되어 있는데 국문 번역 과정에서 실수가 있었던 것 같습니다. 죄송합니다."

송 의원은 "외교통상부 조약국 사무관이 챙겨야 될 부분을 여기 와서……"라며 말끝을 흐렸다. 자신의 친정인 외교통상부가 어이없는 실수를 한 데 대한 언짢음이었다. 검사 출신인 한나라당의 이범관 의원이 "좋은 것 챙겨주셨네요. 이러면 효력이 없는 거야"라고 했다. 또 같은 당의 김충환 소위 위원장은 "발견해서 다행이지 안 그랬으면 얼마나 곤란했겠느냐"라며 질타했다.

조약국장 출신의 신 차관은 이날 5분도 안 되는 사이에 세 차례 '죄송합니다'라고 사과했다. "저희가 조약을 체결하고 국문 번역을 하는 과정에 일관성이 부족한 점이 있다"며 "데이터베이스를 통해서 고쳐 나가도록 하겠다"라고 약속했다.

외교통상부 차관이 국회 속기사가 입석한 가운데 재발 방지를 약속했지만 달라진 것은 아무것도 없다. 2010년 한국과 EU와의 FTA 협정문의 중요한 일부 수치가 영문본 정본과 다르게 돼 있다는 것이 밝혀져 외교통상부에 대한 신뢰를 실추시켰다.

이와 유사한 사례가 있다는 사실도 속속 알려졌다. 지난해 '한·아르헨티나 간의 형사 사법 공조 조약 비준 동의안'에서는 'certification'이라는 단어를 '확인'과 '인증'으로 문장마다 다르게 번역했다. '요청국에 의해 제출되는'으로 번역돼야 할 것을 '요청국에 제출되는'으로 옮겼다는 지적도 있었다. 국회 외통위 수석전문위원은 이례적으로 검토 보고서에서 외교통상부가 한국어본을 작성할 때 용어를 정확하게 사용하라고 주문하기도 했다. 국회 고위 관계자는 "밖에 잘 알려지지 않아서 그렇지 번역이 잘못된 조약들이 수두룩하다"라고 했다.

외교통상부는 조약의 오역 때문에 번번이 망신을 당하고 있지만 이를 심각하게 여기는 분위기가 아니다. 번역이 틀린 상태로 국회를 통과한 후에도 상대국과의 협의를 통해 '조정'이 가능하다고 주장한다. 오류를 수정한 한·EU FTA 비준 동의안을 다시 국회에 제출하면서도 언론 탓을 하고 있다. "본질과는 아무런 관계 없는 실수인데 조약을 잘 모르는 언론 때문에 시간을 지체했다(외교통상부 관계자)"라는 것이다. 문제가 생기면 밀실에서 국회의원들에게 '죄송하다'며 고개 몇 번 굽실거리면 되지 않느냐는 자세다.

한미 FTA 처리 과정에서 국가가 쪼개질 것 같은 어려움을 겪은 것은 좌파 세력의 무리한 반대가 중요한 원인이다. 하지만 외교통상부가 평소 국민들로부터 충분한 신뢰를 받지 못했던 것도 하나의 원인이라는 생각이 든다.

CNN, '두 개의 코리아'

서울과의 14시간 시차 때문에 워싱턴의 한국 특파원들은 매일 새벽 3, 4시가 근무 시간이다. 이 시간대는 미국의 24시간 케이블 뉴스 방송도 긴장을 늦춘다. 재방송을 하거나 토크쇼를 방영하는 경우가 많다. 유일하게 CNN 방송의 인터내셔널 채널만이 새벽에도 실시간으로 뉴스를 내보내고 있다. 시시각각 정보를 파악하는 직업이기에 나는 새벽에는 주로 이 방송에 '채널 고정'을 해왔다.

미국 뉴스와 국제 뉴스를 절반가량 섞어놓은 이 방송이 한국과 일본을 보도하는 방식은 흥미롭다. '일본은 정적이고, 한국은 역동적'이라는 도식이 갖춰져 있다. 지난해 북한이 천안함 폭침,

연평도 공격을 자행한 후, 이런 대조는 한층 더 심해졌다. '일본은 평온, 한국은 긴장.'

연평도 공격 발생 후, 일본에서는 온화한 분위기의 여성 특파원이 나와 차분하게 뉴스를 전달했다. 기타큐슈, 고베의 친환경 정책을 다룬 기획 보도도 있었다. 이에 비해 머리를 짧게 깎은 잠바 차림으로 한국에 급파된 남성 기자는 굳은 표정으로 화면에 나타났다. 방송 화면의 밑바닥에는 'KOREA TENSION(한국의 긴장)'이라는 자막이 깔렸다.

이런 현상은 CNN 방송뿐만이 아니다. 북한의 연평도 공격이 발생했을 때 미국에는 '긴장의 한반도'를 주제로 한 기사가 연일 쏟아졌다. 당시 뉴욕 타임스 톱기사는 '연평도, 한국'으로 시작됐다. '북한은 언제든 다시 한국을 공격할 텐데 어디로 하느냐'가 문제라는 부제가 달렸다. 칙칙한 어둠속에서 해안을 순찰하는 한국 해병대 사진도 함께 게재됐다. 한눈에 불안감과 긴장감을 느끼게 하는 편집이었다. 같은 날 월스트리트 저널을 펼쳐봐도 마찬가지였다. A12면에 서울발 톱기사로 북한이 북방 한계선을 무력화하기 위해서 도발하고 있다는 내용의 특집 기사가 실렸다.

미국의 언론이 주로 한국의 긴장에 초점을 맞추는 상황은 수십 년째 계속된 것이다. 『두 개의 코리아』의 저자인 돈 오버도퍼는 30여 년 전 워싱턴 포스트의 특파원으로 일했다. 그는 북한과 관련된 중요한 사안이 생길 때마다 서울행 비행기를 타곤 했다. 그의 뒤를 이어 북한이 도발할 때마다 외국 특파원이 서울을 찾는 상황은 바뀌지 않고 있다.

아마도 김정일 국방위원장 사후에 북한 체계가 바뀌지 않는 한 이런 현상은 크게 달라지지 않을 것이다. '두 개의 코리아'를 취재하기 위해 주기적으로 외국 언론인들이 서울행 비행기를 타는 고리를 끊어야 한국에 미래가 있다.

케이토 연구소, '한미 동맹 끝내자'

미국 워싱턴의 매사추세츠 가 1000번지에 위치한 케이토(CATO) 연구소는 보수 성향의 유명 씽크탱크다. 이 연구소는 헤리티지 재단보다 더 우측에서 '작은 정부'를 지향하는 자유의지론자들을 대표하며 영향력을 발휘하고 있다.

바로 이곳에서 2010년 북한의 천안함 폭침에 대한 한미 연합 훈련이 시작되기 직전에 한국 관련 보고서가 나왔다. '낡고, 불필요하고, 위험한'이라는 제목이 달려 있다. 이 세 단어가 시사하는 것처럼 미국은 '원래 목적보다 더 오래 살아남은 동맹'을 재고하라고 촉구했다. 천안함 사건을 거론하며 "한반도 내에서의 어떤 새로운 분쟁도 커다란 인간적 비극이지만 이는 미국의 근본적인 안보 이익에 매우 제한적인 영향을 미친다"라고 평가했다. 주한 미군의 존재는 북핵 문제 해결을 더욱 복잡하게 할 뿐이라며 철수를 주장했다. 한미상호방위조약 파기도 제안했다. 보고서의 작성자는 로널드 레이건 행정부에서 대통령 특보를 역임한 더그 밴도우 선임 연구원. 최근 한반도 관련 세미나에서도 '지금은 미국이 한국에서

물러날 시기'라는 자신의 지론을 굽히지 않았다.

　이 보고서는 미국 내에서 주목받지 못하는 소수의 목소리다. 이 밖에도 미 연방 의회에는 주한 미군 철수를 주장하는 의원들이 더러 있다. 당장 버락 오바마 행정부가 이런 목소리에 주목할 가능성은 거의 없다. 오바마 대통령은 2010년 '2＋2 회의'를 위해 로버트 게이츠 국방장관과 힐러리 클린턴 국무장관을 동시에 한국에 파견할 정도로 양국 관계를 중시하고 있다.

　그러나 상황이 바뀌어서 한국에 대해 다른 인식을 가진 세력이 미 행정부를 장악하면 이야기가 달라질 수 있다. 이미 1970년대 후반에 지미 카터 미 대통령에 의해 주한 미군 철수론이 나왔던 사실을 기억해보라.

미국 내에서는 현재 수준의 한미 동맹이 영속할 수 있느냐는 전망에 대해 다른 의견들도 제법 있다. 한국 일각에서는 이번 '2+2 회의'로 한미 동맹이 미일 동맹 수준으로 격상됐다고 평가하지만, 미국 내에서는 그런 판단에 신중한 전문가들이 훨씬 많다.

현재 한미 동맹이 굳건해진 배경에는 일시적으로 유리하게 변화된 동북아시아 정세가 작용하고 있다는 것도 유념할 필요가 있다. 2010년 미국의 국무·국방장관이 동시에 방한하면서 일본은 들리지 않을 정도로 미일 관계는 긴장된 상태였다. 오바마 행정부 출범 이후, 미중 관계는 하향 곡선을 그리고 있다. 이런 정세가 한미 동맹의 중요성을 높인 측면이 있다.

이런 상황을 염두에 둔다면, 우리 정부가 해야 할 일은 자명해 보인다. 어떤 상태에서도 흔들리지 않을 정도로 견고한 한미 관계의 '대못'을 박아야 한다. 북한 문제에 대한 극심한 견해 차이로 한미 간의 긴장이 남남 갈등으로 치달았던 것이 불과 3년 전까지의 역사였다. 갈수록 중요해져가는 중국과의 관계를 밀접하게 하기 위해서라도 한미 동맹의 강화는 필수 조건이다. 지금은 우리 정부가 현 수준의 한미 관계에 만족하기보다는 동맹의 영속성과 제도화를 위해 조금 더 고민할 때다.

주한 미군 철수 주장에 기뻐한 미국

미국의 정치는 우리가 생각한 것보다 훨씬 더 실용적이다. 미국은 한국의 정치 상황을 매우 면밀히 주시하면서 변화하는 상황을 자국의 국익 증진을 위해 이용하는 데 능숙하다는 것을 알아야 한다. 한국의 반미 그룹이 주장하는 주한 미군 철수 주장에 대해 미국은 분노하기보다는 숙원을 해결하는 계기로 사용했다.

노무현 대통령 집권 후, 한국에서 반미의 물결이 넘실거릴 때 미국에서 연수 중이던 기자는 당시 백악관 사정에 밝은 미국 측 인사 A 씨를 인터뷰했다. A 씨는 실명을 밝히지 않는다는 조건하에 한국은 잘 알지 못하던 분위기를 전해줬다.

"노무현 대통령이 주한 미군을 경시하는 발언을 했을 때 백악관과 미 국방부는 매우 기뻐했다. 미국은 김대중 정권 이후, 한미 동맹을 조정하고 싶어 했는데 한국에서 그런 언급을 해주니 손쉽게 일을 해결할 수 있어서 무척 좋았다는 것이다."

미국은 2001년 9·11 테러 이후 가속화하고 있는 '군사 변환(Military Transformation)' 정책에 따라 해외 주둔 미군을 대폭 조정할 계획이었다. 미국은 한국의 신정부가 반미 분위기를 조성하는 것을 역이용해서 주한 미군 감축 계획을 밀어붙였다는 것이 A 씨의 분석이다. 이듬해 2004년 5월 미국은 주한 미군 1만 2500명 감축 계획을 발표했다.

실제로 워싱턴에는 한국에 대규모 지상군 병력이 주둔하고 있는 것을 불편해하는 분위기가 있다. 미 의회 조사국(CRS)의 래리 닉시 선임연구원은 "주한 미군의 추가 변화(감축)가 가능하다"라고 말해왔다.

에니 팔레오마베가 전 미 하원 동아태 환경소위 위원장의 발언도 의미심장하다. "어떤 한국인은 미군 주둔을 바라지 않는다. 한국전쟁을 모르는 젊은 사람들은 여전히 미국이 한국을 조종한다고 믿고 있다. 지금의 해외 주둔은 소련이 있을 때와 같은 개념이 아니다. 지금은 완전히 다른 상황이다." 미국의 이런 분위기를 제대로 파악하고 있어야 협상에 나서기 전에 우리의 책략을 제대로 준비할 수 있다.

미국 내에서는 가급적 정치적 담론을 배제한 채 장기적인 차원에서 한미 동맹의 실용성과 효용을 하나하나 따져보려는 움직임이 많다. 미 행정부와 씽크탱크는 한국의 변화 상황을 계기로 한미 동맹을 '제로베이스(원점)' 차원에서 점검하는 분위기다.

민간단체인 맨스필드 재단은 한미관계위원회를 구성하여 보고서 발표를 목표로 한국과 미국을 오가며 한미 동맹에 대한 연구를 진행 중이다. 이 밖에도 전미외교협의회, 스탠퍼드대 아시아·태평양 연구소를 비롯해 셀 수 없이 많은 씽크탱크들이 다양한 각도에서 한미 동맹과 관련한 논의를 진행 중이다.

한국의 새 대통령이 되려는 사람들은 한미 동맹에 대해 정치 구호만 내던질 것이 아니라 구체적인 상황 인식과 대안을 분명하게 보여줘야 한다. 하지만 국내 정치에 함몰돼버린 현재의 한국의 대통령 선거는 이 문제에 대한 최소한의 토론조차 하지 않는 것 같다.

뉴욕 타임스의 대북관

워싱턴 특파원으로 재임하면서 늘 미국 언론의 동향에 신경을 써야 했다. 집으로 배달되는 뉴욕 타임스, 워싱턴 포스트, 월스트리트 저널 중에서도 가장 먼저 집어 드는 것은 뉴욕 타임스였다. 1년 365일 하루도 쉬지 않고 발간되는 뉴욕 타임스는 매일 완독해야 하는 필독서와 같았다. 그러나 이 신문의 북한 관련 기사는 종종 논란거리가 됐다.

워싱턴의 한반도 전문가들을 만날 때마다 뉴욕 타임스를 조롱하는 말을 자주 들었다. 현실감각이 떨어진다는 것이다. 2010년 말, 북한을 자주 들락거리는 전 워싱턴 포스트의 기자 셀리그 해리슨의 기고문이 실렸을 때 큰 논란이 일었다.

한국의 좌파 진영이 우상처럼 여기는 해리슨은 기고문에서 "분쟁이 일고 있는 한국 서해 남북한 경계선을 미국이 약간 남측으로 내려서 다시 설정해야 한다"라고 주장했다. 6·25 전쟁 당시 유엔군 사령부가 만들어질 때 미국이 사실상 지휘 권한을 가진 것을 지적하며 "오바마 대통령이 (남북한 간의) 경계선을 다시 그을 직권이 있다"는 말까지 했다. '남한은 미국의 식민지'라는 북한 주장과 비슷한 기상천외의 발상이다. 1970년대 주한 미군으로 근무했던 존 쿠시먼 전 중장이 공동 기고자로 참여했다가 막판에 빠진 과정에 대한 '정정 보도'도 화제가 되고 있다.

조지 W. 부시 행정부에서 대북 특사로 활동했던 잭 프리처드는 조선일보와의 인터뷰에서 이를 공개적으로 비판했다. "한반도와 관련한 역사와 정책 배경을 전혀 이해하지 못하는" 해리슨의 기고를 실은 뉴욕 타임스를 "무책임하다"라고 했다. 다른 전문가는 "한반도 문제에 관한 한 뉴욕 타임스의 편집자는 수준 이하"라고 지적했다.

해리슨이야 '북한'을 팔아 사는 사람이니까 그런다고 쳐도, 오바마 대통령에게 남북한 경계선을 다시 긋게 하라는 주장을 실은 뉴욕 타임스의 편집자는 무책임하다고 보는 게 맞을 것이다.

이와 유사한 일은 또 있었다. 2010년 8월에는 '햇볕론자'라는 도널드 그레그 전 주한 미국 대사가 뉴욕 타임스를 통해 한국 정부의 천안함 폭침 발표에 대한 의혹을 제기했다. 김정일의 아들 김정은을 백악관이 초청했어야 한다는 주장도 내세웠다. 같은 해 9월에는 방북했던 지미 카터 전 미국 대통령은 뉴욕 타임스 기고문에서 천안함 폭침 문제는 일절 언급하지 않은 채, 대북 정책 변화를 요구했다. 그래도 이들은 미국 대통령이 남북한 경계선을 다시 획정해야 한다는 말은 하지 않았다.

만약 캐나다가 미국 영토에 대포를 쏴서 민간인을 사망케 하는 방법으로 국경 지역의 분쟁화를 노리고 있다고 가정해보자. 그때 '미국이 땅덩어리도 넓은데 경계선을 약간만 남측으로 조정하면 될 것 아니냐', '과거 미국이 영국 식민지였으니 영국 총리가 새 경계선을 그어주면 된다'라고 주장하면 어떻게 될까. 아마도 미국인 중 누구도 이를 정상적인 의견으로 인정하지 않을 것이다. 뉴욕 타임스가 '다양한 견해를 반영하는' 것은 좋은 일이다. 그러나 비

정상적인 의견은 '다양'이라는 범주에 들 순 없다.

　미국에서 가장 권위가 있는 신문이라고 하지만, 적어도 한반도 문제에 관한 한 '권위'는 찾아보기 어렵다. 한반도의 현실을 오도하는 글이 뉴욕 타임스에 잇달아 실리도록 방치하는 정부와 현지 공관의 무능함에 대해서는 언급하고 싶지도 않다.

백악관과 국무부, 연방 의회에서

"

미국의 대북 정책은 백악관, 국무부, 연방 의회의 막후에서 주로 결정됐다. 미북 관계를 추적해야 하는 한국 특파원은 백악관과 국무부, 연방 의회를 순회하듯 오가며 미국의 대북 정책을 기사화해야 했다.

"

{ 김정일 정권 시절 }

끝내 사용되지 못한 암호

2000년 6월 1차 남북 정상회담을 준비하기 위해 평양을 방문한 우리 정부의 선발대는 마지막 순간에 서울로 타전할 열 글자로 된 암호를 갖고 있었다.

'위스키 한 병'은 2011년 사망한 김정일 북한 국방위원장을, '안주 한 접시'는 평양 순안공항을 의미했다. 두 개를 조합하면 김 위원장이 6월 13일 김대중 당시 대통령이 도착하는 평양 순안공항에 영접하러 나오는 것을 뜻했다.

정부 관계자들은 김 위원장이 순안공항에 영접 나올 가능성을 예상하고 이 암호를 만들었다. 하지만 이 암호는 끝내 사용되지 못한 채 역사 속에 묻혀버렸다. 북한 측에서 김 대통령을 태운 비행기가 공항에 도착하기 직전까지도 김 위원장의 '깜짝 영접' 사실을 알려주지 않았기 때문이다.

그 이후의 상황은 알려진 그대로다. 김 대통령을 포함한 정부 관계자들은 김 위원장의 파격적인 공항 영접에 '감동'한 나머지 정상적인 의전에 신경을 쓰지 못했다. 멈칫하는 사이에 김 위원장은 김 대통령을 자신의 차에 태우고 공항을 떠나버렸다. 정상회담 사상 유례가 없는 경호 공백이 발생한 것은 물론 회담 첫날부터 주도권이 북한에 넘어가버렸다.

당시 남북 정상회담의 1차 선발대장인 이관세 통일부 차관은 "언제 김정일 위원장이 나서고 어떻게 할 것이라는 애기는 나오지 않고 있다"라고 말해 김 위원장과 노 대통령 간의 첫 회동이 언제 이뤄질지 알 수 없다고 했다. 청와대의 천호선 대변인도 "북한의 특수성을 고려해 어떤 것도 단언할 수 없다"라고 말했다.

김 위원장이 평양을 방문하는 노 대통령을 언제 어떻게 만날지 여부조차 명확하게 하지 않았던 것은 명백한 결례이자, 북한의 또 다른 전략이었다.

제대로 된 정상회담에서는 양국의 지도자가 언제 누구를 대동하고 몇 분 동안 회담을 할지에 대해 사전 합의하는 것이 관례이자 상식이다. 만약 합의된 일정을 변경하고 싶으면 상대국 지도자가 놀라지 않도록 사전에 미리 알려주고 양해를 구해야 한다.

김 위원장은 7년 만에 다시 파격적인 행사를 연출함으로써 한국의 국민들에게 '통 큰' 지도자라는 인상을 심어주고, 회담을 원하는 방향으로 이끌려고 했다.

그러나 북한이 자주 사용하는 이런 불확실성과 불투명성이 대선 국면에서의 북한발 복음을 기대하는 한국 정부에는 통할지 모르지만 미국에는 아무런 효과가 없었다.

2000년 당시 매들린 올브라이트 국무장관, 조명록 북한 국방위 부위원장의 교차 방문으로 미북 관계의 획기적 변화가 가능했다. 그러나 마지막 순간에 호기를 살리지 못한 배경에는 김 위원장이 보여준 불확실성이 자리 잡고 있다. 당시 김 위원장은 "클린턴 대통령이 방북하면 내가 다 알아서 하겠다"는 식으로 애매모호한 답만 주었을 뿐, 어떤 확실한 약속을 하지 않았다. 김 위원장이 끝내 확실한 답을 주지 않고 2011년 사망함에 따라 미북 관계는 어떤 진전도 이뤄지지 않았다.

대북 인권 결의안 기권

1905년 11월 17일과 2005년의 11월 17일. 정확히 100년의 시차다. 바로 이 두 개의 날짜에 한국의 국치일이라는 공통점이 있다고 비판한 칼럼이 2006년 초 미 시사 주간지 위클리 스탠더드에 실렸다.

1905년 이날엔 일본이 우리의 외교권을 박탈한 을사늑약이 체결됐다. 그로부터 꼭 100년 뒤인 2005년 우리 정부는 유엔의 대북 인권 결의안 표결에서 기권했다. 하버드대 한국연구소의 이성윤 교수는 두 사건이 같은 날짜에 벌어진 것을 발견하고, 대북 인권 결의안 기권이 을사늑약에 맞먹는 치욕이라고 일갈했다. "한국 정부는 한반도의 평화와 안정을 내세워 인권 결의안에 기권했는데, 그 기권은 긴 그림자를 드리울 것이다. 1905년의 수치스런 사건처럼 금방 잊히지 않을 것"이라고 했다.

이 교수의 독설 섞인 비판이 꼭 과도한 것만은 아니다. 정부가 2006년 대북 인권 결의안에 찬성했다가 2007년 다시 기권으로 돌아선 것은 '국치'를 넘어서 세계적인 코미디 소재가 돼버렸다. 워싱턴에서 한반도 문제를 분석하는 한 전문가는 "한국 정부가 북한의 인권 문제가 상당히 개선된 증거를 입수했을 것"이라고 빈정거렸다.

미국에 나와 있는 한국 외교관들은 대북 인권 표결에서 기권-찬성-기권으로 '오락가락 결정'이 내려진 데 대해 얼굴을 제대로 들지 못했다. 북한 인권에 대한 국제 정세를 가장 정확하게 파악하고 있는 주미 외교관들은 노무현 대통령이 내린 '기권 지시' 결정을 쉽게 납득하지 못하는 분위기였다. 한 외교관은 "북한의 반발을 고려해서 내린 어쩔 수 없는 결정일 것"이라고 했다. 다른 외교관은 '노코멘트'라며 입을 닫았다.

미국에 주재 중인 한국 외교관들은 오래전부터 북한 인권에 대한 국제사회의 동향과 함께 정부가 이 문제에 대해 적극적으로 나설 필요가 있음을 보고해왔다. 이들의 견해는 2005년 5월 국가인권위원회가 작성한 보고서를 통해 일부가 공개됐다. 당시 국가인권위 관계자들이 주미 한국 대사관, 뉴욕 총영사관, 주유엔 대표부 외교관들을 직접 면담한 후 기록한 '(북한 인권에 대한) 한국 외교관들의 견해'는 이렇다. "유엔에서 (우리 정부는) 대북 인권 결의안에 불참 혹은 기권해왔는데, 정부의 그런 입장을 설명하기 위해서는 인권의 논리로 접근해야 한다." 심지어 외교관들은 남북 대화

에서 북한 인권 문제를 제기해야 한다고 건의한 것으로 이 보고서
는 기록하고 있다. 2006년 11월 정부가 대북 인권 결의안에 찬성
했을 때 외교관들 사이에서 '이제야 무거운 짐을 덜었다'는 안도의
한숨이 나온 것도 이런 배경 때문이었다.

하지만 외교관들의 고개를 떨어뜨리게 하는 노 대통령의 결정
이 나오는 데 1년밖에 걸리지 않았다. 퇴임을 3개월밖에 남겨두지
않은 대통령이 현장의 외교관들이 체면 유지조차 할 수 없을 정도
의 터무니없는 훈령을 내린 결과는 참혹했다.

눈물바다가 된 탈북 여성 기자회견장

위싱턴에서 취재를 하면서 눈물을 흘렸던 적이 한 번 있다. 탈북 여
성이 겪어야 했던 참혹한 광경에 눈시울이 뜨거워진 것은 2009년
4월 '북한 자유 주간' 행사가 워싱턴에서 열렸을 때다. 탈북 여성
방미선 씨가 검은 치마를 걷어 올려 자신의 허벅지 상처를 공개했
다. 순간 참석자들의 짧고 깊은 탄식이 기자회견장을 가득 메웠다.

방 씨는 수용소에서 당한 고초를 말해달라는 질문을 받자 의
자에 올라가 치마를 걷었다. 방 씨의 허벅지 전체가 수용소에서의
고문과 폭행으로 여러 군데가 마치 칼로 베어낸 듯이 움푹 파여 있
었다. 걸음도 부자연스러운 상태다. 고향이 평남 진남포라는 재미
교포 이양춘 할아버지는 흐르는 눈물을 감추지 못한 채 고개를 떨
어뜨렸다.

"그 참혹함을 어떻게 표현해야 할까요. 쇠똥에 묻어 나온 옥수수라도 줍는 날이면 행운이라고 생각하는 사람들……. 나도 그렇게 안 하면 죽게 생겼기에, 그 참혹한 현실에서 살아야 했기에……." 방 씨의 증언이 이어지면서 눈 뜨고 바라보기 어려운 상처에 회견장의 여성들은 손으로 입을 막은 채 눈물을 글썽거렸다.

북한의 무산 광산 선전대의 여배우 출신인 방 씨는 남편이 2002년 굶어 죽은 후 자녀들과 함께 탈북했다가 여러 차례 인신매매를 당했다. 중국 공안에 잡혀 북한에 송환된 후엔 수용소에서 고문을 당했고 결국 2004년 다시 탈북했다. 방 씨는 자신처럼 중국으로 탈출한 21세 여성이 임신한 몸으로 북한에 강제 송환된 뒤 낙태를 거부하다 살해된 사실도 증언했다.

그는 오바마 대통령에게 하고 싶은 말을 전하는 자리에서 "북한 여성들이 중국에서 짐승처럼 팔려 다니지 않도록 해달라. 감옥에서 인간 이하의 대접을 받지 않도록 국제사회에서 떠들어달라"라고 절규했다.

당시 이 행사장에는 북한이 고향인 재미 교포 할아버지, 할머니들이 많이 참석했다. 이 광경을 지켜보던 한 할아버지가 통곡을 멈추지 않았다. 아마도 고향을 떠나올 때 마지막으로 보았던 가족의 모습이 그 순간에 오버랩이 됐으리라는 생각을 쉽게 할 수 있었다.

방미선 씨는 미국 하원 외교위원회에서 공화당의 에드 로이스 의원 주재로 열린 '탈북자 청문회'에서도 다시 증언했다. 의원들이 앉아 있는 정면을 응시하지 못하고 바닥을 내려다보고 있던 방미

선 씨는 굳은 표정으로 북한을 탈출한 후 중국에서 당한 인신매매 경험을 털어놓았다. 그는 동시통역사 옆에서 "중국 땅을 밟자마자 나를 맞이한 사람은 중국 브로커들이었습니다"라며 "중국 돈 4000원에 어린 자식들과 헤어져 팔려가게 됐습니다"라고 했다.

"더욱 분한 것은 중국인 브로커들이 인신매매하는 북한 여자들을 '돼지'라고 부르며 짐승 취급을 하는 것이었습니다. 세상에 그토록 잔인하고 파렴치한 인간들이 있다는 것을 처음 알았습니다. 어떻게 사람을 돼지라고 부르며 인간이 인간을 팔 수 있습니까." 그는 "하지만 이런 비인간적인 취급을 받아도 그 어디에도 하소연할 데가 없다는 것이 더 원통했습니다"라고 했다.

방 씨는 떨리는 목소리로 "몇 달 안 되는 동안에 두세 번 팔려 다니는 신세가 됐고, 어린 자식들을 찾아다니다가 중국 공안에 잡혀 강제 북송됐습니다"라며 "노동 단련대, 구류장, 교화소로 끌려 다니면서 매를 맞아 장애인이 돼버렸습니다"라고 했다. 그는 "이런 고통이 모두 김정일과 탈북 여성들을 강제 북송해 모진 고초를 겪게 하는 중국의 후진타오 때문"이라며 "우리 모두가 인간이라면, 우리 모두 심장이 있다면 이런 두 독재자를 그냥 두고 볼 수는 없습니다"라고 했다.

'인간 쓰레기'라고 반응한 북한

'인간 쓰레기들의 서 푼짜리 광대 놀음.'

외교·안보 문제를 담당하면서 북한 관련 기사를 쓸 때 북측으로부터 이런저런 반응이 나온 적이 있었지만 이렇게 격렬한 비난이 나온 것은 처음인 것 같다. 2007년 6·25 전쟁 납북인사가족협의회가 8만여 명의 납북자 명단을 찾아냈으며 미국에 지부를 만들어 '미 의회 납북자 결의안'을 추진하고 있음을 보도했다. 그러자 북한 측 인터넷 사이트 '우리민족끼리'는 6·25 전쟁 납북인사가족협의회 회원들을 '인간 쓰레기'에 비유하며 욕설에 가까운 비난을 해댔다.

"6·25 전쟁 납북인사가족협의회라는 우익 보수 단체가 최근 납북자 명단이라는 것을 날조해 내돌리고 있는가 하면, 미국에까지 건너가 반북 광대극을 벌여놓고 미국이 납북자 문제 해결에 적극 나서도록 부추기고 있다." "지금 온 겨레는 10월의 북남 수뇌 상봉에 커다란 기대를 걸고 민족적 화해와 단합의 분위기를 조성하기 위해 노력하고 있다. 민족을 등진 이 인간 쓰레기들은 좋게 발전하는 북남 관계를 되돌려 세우고 6·25 전쟁 반대 세력의 정권 탈취 음모에 힘을 실어주려는 불순한 목적 밑에 납북자 결의안이라는 것을 고안하고 서 푼짜리 광대극을 꾸미고 있는 것이다."

과격한 언어로 납북자 문제 해결을 바라는 단체를 비난하고 나선 북한의 의도는 비교적 분명해 보였다. 어떻게 해서든지 2007년 10월 남북 정상회담에서 납북자 문제가 거론되는 것을 막겠다는 것이다.

그러나 북한의 뜻과는 달리 완전한 남북 화해를 위해서는 납북자 문제가 어떤 형태로든 논의돼야 한다는 목소리가 높아지는 것 같다. 2000년 '역사적인 남북 정상회담 개최' 의의에 눌려 이 문제가 제대로 제기되지 않던 것과는 사뭇 다른 분위기였다. 특히 남북 정상회담을 앞두고 납북자 문제에 대한 국제적인 연대 움직임이 나왔다는 것은 주목할 만하다.

2007년 9월 워싱턴의 백악관 앞에서는 6·25 전쟁 당시의 납북자 8만 3000여 명을 포함한 전 세계 납북자들의 이름이 계속해서 불리고 있었다.

재미 교포 모임인 '미주 피랍탈북인권연대(CHNK)'와 일본계 미국인들이 주축인 '희망을 위한 납북자 구조 센터(ReACH)' 회원들은 쉬지 않고 납북자를 호명하며 이들의 귀환을 촉구했다.

행사가 시작되자 손전등을 든 참석자들은 밤새도록 백악관을 향해 각각 100~500명의 납북자를 호명했다. 1978년 노르웨이에서 납북됐던 전 수도여고 교사 고상문 씨, 1972년 조업 중 납치된 동진호 선원 김정옥 씨 등 첫날에만 납북되어 고향에 돌아오지 못한 1만 3000여 명의 이름이 불렸다.

이날 행사가 열린 라파예트 공원을 산책하던 미국인들과 관광객들은 납북자의 이름이 불리는 것을 흥미롭게 바라보며 행사 관계자들에게 질문을 하는 모습이 눈에 띄었다. 행사를 취재하던 미국 언론사의 한 기자는 즉석에서 행사에 동참하여 납북자의 이름을 부르기도 했다. 희망을 위한 납북자 구조 센터의 아사노 이즈미 대표는 "남북한의 지도자들이 만나는 만큼 8만 명이 넘는 납북자 문제가 논의되는 것은 너무 당연한 것 아니냐"라고 말했다.

대결적인 정책만을 일삼던 김정일 사망 후에 구축된 김정은 체제에게 납북자 문제의 해결을 요구하는 것은 더 이상 미룰 수 없는 과제가 아닐까.

{ 제2의 천안함 사태
막으려면 }

하루 종일 '천안함' 언급

미 행정부는 중요 사안에 대한 입장을 정하면 다른 국가가 놀랄 정도로 신속하게 일치된 정책을 강력하게 펼쳐 나간다. 특히 중요한 외교 사안에 대해서 백악관, 국무부, 국방부의 입장이 다른 경우가 거의 없다는 것을 특파원 생활을 하면서 깨달았다.

이를 극명하게 보여준 것이 천안함 사건에 대한 반응이었다. 2010년 8월 30일 백악관과 그 좌우에 위치한 국무부와 재무부에서는 단 한 곳도 빠지지 않고 북한의 천안함 폭침 사건에 대한 언급이 나왔다. 오바마 대통령은 이날 오전 북한만을 대상으로 한 새로운 행정명령에 서명하면서 '46명의 사망자를 낸 천안함 기습 공격'을 대북 제재의 첫째 이유로 내세웠다. 이 행정명령에는 이번 사건과 관련된 주체(북한 정찰총국), 배후 인물(김영철 정찰총국장), CHT-02D 어뢰 판매 기관(청송연합)의 '천안함 3종 세트'가 모두 명시됐다.

오바마 대통령의 행정명령이 오후 12시 1분을 기해 발효된 후 국무부의 필립 크롤리 공보 담당 차관보가 정례 브리핑을 가졌다. 그는 오바마 대통령의 대북 제재를 설명하며 북한의 천안함 공격을 '전쟁 행위(act of war)'라고 비판했다. 그러자 한 미국 기자가 '전쟁 행위'라는 표현을 계속 유지하고 싶으냐고 질문했고 거기에 짧게 "그렇다"라고 대답했다.

크롤리 공보 차관보는 나를 포함한 한국·일본 기자들에게 "더 구체적인 소식을 들으려면 재무부에도 가보라"라고 귀띔해줬다.

오후 3시 미 재무부에서는 스튜어트 레비 테러·금융정보 담당 차관이 로버트 아인혼 국무부 대북·대이란 제재 담당 조정관과 함께 기자회견장에 나타났다. 레비 차관은 이 자리에서 오바마 대통령의 행정명령 내용을 언급하며 천안함 폭침으로 46명이 사망했음을 다시 상기시켰다.

3월 천안함 사건이 발생했을 때만 해도 미 국무부·국방부 당국자들은 '한국 해군 함정 침몰'이라는 표현을 썼다. 하지만 시간이 흐르면서 미 행정부 내에는 '천안함 침몰'이라는 표현이 통용되고 있다. 기자가 로버트 게이츠 국방장관의 전용기에 동승했을 때 한 미군 장교는 "내가 하는 '천안함' 발음이 괜찮으냐"라고 물어보기도 했다. 그만큼 천안함 사건은 미 행정부 관계자들이 고유명사로 부를 만한 사건으로 각인되고 있음을 의미한다.

천안함 46명 전사자를 진정으로 위하려면

워싱턴의 씽크탱크에서 한반도 관련 논의가 있을 때마다 어김없이 손을 드는 미국인 신사가 있다. 주한 미군 장교 출신인 백발의 폴 챔벌린 씨는 일관되게 대북 정책의 수정 필요성을 강조하고 있다. 주미 한국 대사관 부설 코러스(KORUS) 하우스의 초청으로 특강도 했다.

그는 이제 한국과 미국이 남북통일에 기반을 둔 대북 정책을 펼쳐야 한다고 강조한다. 미국과 주변국에 대한 북한의 계속되는 위협을 막기 위한 최선의 방안이 한반도 통일 전략이라는 것이다.

특히 미국을 향해 그동안 펼쳐온 '두 개의 한국' 정책을 접으라고 요구하고 있다. 이제는 한반도 통일을 염두에 둔 '하나의 한국' 정책을 구사해야 할 때라고 말한다. 언론 기고에서도 그의 논지는 한결같았다. "한미 양국은 재조정된 전략에 따라 평화적이면서도 인내심 있는 통일 전략을 마련해야 한다"라고 했다.

그동안 챔벌린의 주장이 큰 반향을 불러일으키지 못한 것은 사실이다. 하지만 천안함 침몰 사태를 계기로 대북 정책의 조정 필요성을 언급하는 주장들이 늘어나고 있다.

국제조사단은 천안함 침몰 사고의 정확한 원인을 '좌현 아래쪽에서의 중(重)어뢰에 의한 비접촉 폭발'이라고 했다. 이번 사고의 확실한 원인도 알고 있다. 바로 남북 분단이 지속되고 있다는 점이다. 그리고 60년 전, 전쟁을 일으켜 수백만 명의 생명을 앗아

간 북한의 호전성은 변함이 없다는 것이다.

2010년 3월 26일 저녁 9시 22분에 천안함은 왜 의무 복무를 위해 입대한 젊은이들을 가득 싣고 백령도 인근 해상을 순찰 중이었는가. 만약 한반도가 통일됐거나 북한이 '정전 체제'만 제대로 준수했어도 그 시간에 '위험 지대'를 항해할 확률은 줄어들었을 것이다. 현재의 상황이 계속되는 한, 제2의 천안함 사태가 일어날 가능성은 늘 상존한다.

천안함 침몰 사태는 한반도가 위험 지대임을 일깨워주는 '경계경보' 역할뿐만 아니라 대북 전략을 근본적으로 바꾸는 계기가 돼야 한다. 단순히 안보 위기를 극복하는 것이 아니라 통일을 앞당기는 것이 근본적인 해결책이라는 결의를 다질 필요가 있다.

지금까지 한미 간의 대북 정책은 기껏 '북핵 6자 회담을 언제 개최하느냐'는 식의 1차원적 수준에 머물렀다. 이명박 정부의 대북 정책은 통일 측면에서 혁신적이지 못했다. 미국도 한반도의 통일 관련 정책 수립에 적극적이지 못했던 것이 사실이다.

양국이 기존의 대북 정책에서 벗어나 북한 체제 붕괴를 전제로 한 3차원, 4차원의 통일 정책을 마련하는 것은 힘들고 어려운 작업이다. 그렇더라도 지금부터는 올바른 길을 가야 한다. 단호하면서도 치밀한 한반도 통일 전략이 요구된다. 그것이 서해 바다에서 희생된 46명의 천안함 해군 장병들을 진정으로 위하는 것이다. 또 그것만이 우리 군인들의 어이없는 죽음을 미연에 방지하는 길이기도 하다.

1968년의 박정희와 존슨

1968년 4월 17일 오후 3시 53분 미 하와이의 호놀룰루 공항. 'US Air Force' 마크가 찍힌 비행기의 문이 열리고 박정희 대통령이 트랩을 내려오기 시작했다. 도열한 미 행정부 인사들의 맨 앞에서 박 대통령을 맞은 이는 린든 B. 존슨 미 대통령.

존슨 대통령은 자신이 보낸 전용기를 타고 온 박 대통령의 손을 잡으며 활짝 웃었다. 21발의 예포 발사와 미군 군악대의 애국가 연주가 이어졌다. 존슨 대통령은 이날 공항에서 박 대통령을 영접하는 파격으로 한미 동맹의 굳건함을 강조했다.

양국 대통령이 친밀한 모습을 과시하며 만났던 1968년은 북한의 위협이 절정에 이른 시기였다. 그해 1월 21일, 북한 무장공비 서른한 명이 청와대를 기습하기 위해 서울까지 침투하는 바람에 나라가 뒤집히다시피 했다. 바로 이틀 뒤인 1월 23일에는 원산 앞바다에서 대북 정보를 수집하던 미 해군 함정 푸에블로호가 나포됐다. 한미 양국은 베트남전 논의 외에도 북한의 잇따른 도발 행위에 대해 강력한 대응 태세를 확립할 필요가 있었다.

박정희와 존슨은 이틀간의 회담 끝에 4월 18일 총 8개 항의 공동 성명서를 발표했다. 이 성명서는 1·21 및 푸에블로호 사태를 거론하고, 3항에서 '북괴의 침략 행위는 (한반도) 평화에 대한 가장 중대한 위협'으로 규정했다. 이와 함께 북한의 도발 및 침략 행위에 대한 신속한 대응에 합의했다. 양국은 이 회담을 토대로 북한에 대한 방어 태세를 새롭게 했다. '호놀룰루 성명'을 모태로 한미 국방장관들의 연례안보협의회(SCM)도 시작됐다.

42년 전 호놀룰루에서 열렸던 '원 포인트' 정상회담은 천안함 사태의 '출구 전략'을 고심하는 양국 정부에 참고 자료가 될 수 있었다. 이 사태에 대한 조사가 마무리된 직후에 이명박 대통령과 버락 오바마 미 대통령이 만나 단호한 입장을 천명하는 것만큼 효과적인 정책은 없었다.

이는 김정일 북한 국방위원장의 기습적인 중국 방문에 대응하는 것이기도 했다. 2010년 7월 힐러리 클린턴 미 국무장관이 천안함 조사 발표에 맞춰 방한하고, 한미 양국의 국방 · 외교부 장관이 참여하는 2+2 회담으로 북한에 경고를 보낼 수 있었다.

2009년 6월 양국 대통령이 한미 동맹사에서 기념비가 될 만한 합의서에 서명한 것도 천안함 사태에 대한 공동 대응에 도움이 됐다. 당시 발표된 '한미 동맹을 위한 공동 비전'에서 "우리는 어깨를 맞대고 다음 세대를 위해 양국이 직면한 도전에 함께 대처할 것"이라고 천명했다. 제2의 천안함 사태를 막기 위해서는 양국의 최고위급 지도자들이 공동의 대응을 다짐하는 기회를 자주 만들어야 한다.

{ 포스트
김정일 }

'유포리아'가 넘치는데

'유포리아(euphoria)'라는 영어 단어를 기억하는가. 행복감, 도취감으로 번역될 수 있는 이 단어는 기자가 갖고 있는 영어사전에는 단 두 줄, 열아홉 자로 설명돼 있을 뿐이다. 사용 빈도를 나타내는 표시도 없다. 그만큼 자주 사용되는 단어는 아니다.

하지만 노무현 정부의 대북 유화 정책이 계속될 때 워싱턴에서 이 말만큼 빈번하게 들을 수 있는 단어는 없었다.

마이클 그린 전 미 백악관 국가안전보장회의 아시아 담당 선임보좌관은 노무현 정부의 2차 남북 정상회담 발표 후 이 단어를 대여섯 차례 사용했다. "정상회담으로 평화가 이뤄질 것 같은 '도취감'에 빠지면, 북한의 비핵화에 좋지 않은 영향을 끼치게 될 것"이라고 말했다.

한반도 전문가인 존스홉킨스대 돈 오버도퍼 교수와 부시 행정부의 대북 특사를 지낸 잭 프리처드 한국경제연구소(KEI) 소장도 마찬가지였다. 두 사람은 경쟁적으로 '한국이 남북 정상회담의 도취감에 취해선 곤란하다'는 얘기를 했다. 미 헤리티지 재단의 브루스 클링너 선임연구원도 남북 정상회담이 가져올 '도취감'의 좋지 않은 영향을 경계했다.

남북한이 동시에 발표한 정상회담 소식을 바라보는 미국의 시각은 바로 이 한 단어, '유포리아'에 집중됐다고 해도 과언이 아니다. '코리아 왓쳐(Korea Watcher)'로 불리는 한반도 전문가 외에 미 행정부의 관계자들도 바로 이 단어를 사용하며 8·28 남북 정상회담의 '도취감' 후폭풍을 우려했다. 2000년 남북 정상회담이 성사된 후, 한국 사회가 집단적 최면처럼 걸린 '평화 도취감'에 다시 빠져선 곤란하다는 것이었다.

시계를 돌려서 2000년 6월 정상회담 직후로 돌아가보자. 6·15 남북 정상회담은 아무런 구체적 내용도 담고 있지 않지만, 역사적인 성명으로 평가받았다. 김정일 북한 국방위원장은 수백만 명을 굶어 죽게 하고 반체제 인사를 즉결 처형하는 독재자에서 하루아침에 '풍류가 있고 멋있는 사람'으로 바뀌었다. 남북 정상회담의 참가 티켓을 거머쥐었던 인사들은 평양에 다녀온 후 대북 찬사를 보내기에 바빴다. '이제 한반도에 전쟁 위협은 없다'는, 김대중 당시 대통령의 서울 도착 후 일성에 금방이라도 평화가 올 것 같은 '도취감'이 온 사회를 감쌌다.

그러나 두 차례의 남북 정상회담 후에도 남북 관계는 본질적으로 변하지 않았다. 2011년 김정일 국방위원장의 사망 이후 안보 상황은 훨씬 악화되었다. 북한은 기회가 있을 때마다 '한반도 비핵화가 김일성 수령의 유훈'이라고 말하지만, 두 차례의 핵실험을 통해 사실상 핵보유국이 됐다. 언제라도 우리의 안보를 위협할 태세로 핵무기 십여 개를 만들 수 있는 플루토늄 50킬로그램을 확보했다는 것이 국정원의 평가다. 또 비행기가 날아다니고 어선들이 조업하는 동해를 향해 대포동 미사일을 쏘아 올렸다. 북한은 핵 불능화를 명시한 2·13 합의 후, 영변 핵 시설을 동결했지만 이 조치는 언제라도 무효화될 수 있다는 것이 대다수 전문가들의 견해다. 대북 문제에선 '기대는 하지만 환상을 갖지 말라'는 워싱턴의 충고를 새길 필요가 있다.

부시보다 집요한 오바마

워싱턴에서 버락 오바마 미 행정부를 취재할 때 자주 듣는 영어 단어가 있다. 미 행정부와 씽크탱크에서는 오바마 대통령을 평가할 때 'tenacious'라는 단어를 자주 사용한다. 우리말로는 '집요하다, 강인하다'로 번역될 수 있는 말이다. 오바마 대통령이 자신이 정한 의제를 추진할 때 매우 끈질기다는 것이다. 오바마 대통령을 싫어하는 공화당 측 인사들도 그가 '끈질기고 집요하다'는 점은 인정한다.

2009년 오바마 대통령이 취임 후, 집요하게 추진한 것으로 두 가지를 꼽을 수 있다. 국내적으로는 건강보험 개혁안의 법제화와 국제적으로는 '핵무기 없는 세상'이다.

2010년 3월, 오바마 대통령은 지난 100년 동안 역대 대통령들이 모두 실패했던 건강보험 개혁법 제정에 성공했다. 미 전역을 다니며 '타운 홀 미팅'을 통해 시민들을 만나고 100여 차례 의원들을 만나 설득한 결과다. 이 과정에서 '사회주의자'라는 비판도 받았지만 아랑곳하지 않았다.

오바마 대통령은 그의 뚝심을 핵 문제에서도 발휘하고 있다. 2009년 '핵 없는 세상'을 주창한 후, 1년 만인 2010년 4월 세계의 이목을 집중시킨 '핵 3종 세트'를 잇달아 내놓았다. 혁신적 내용이 담긴 핵 태세 검토 보고서(NPR) 발표, 러시아와의 핵무기 감축 협정 갱신, 1차 핵 안보 정상회의 개최가 그것이다.

오바마 대통령의 스타일은 처음에는 요란했다가 큰 업적을 남기지 못한 조지 W. 부시 전 대통령의 용두사미 형과 비교된다. 특히 북한의 김정일 국방위원장을 다루는 방법에서 차이가 난다.

부시 전 대통령은 재임 중에 기회가 있을 때마다 북한을 비판하는 발언을 자주 했다. 잘 알려진 '악의 축' 발언 외에 김 위원장을 '피그미'로 부른 적도 있다. 2006년 10월 북한의 제1차 핵실험 직후, 유엔 안보리의 대북 결의 1718호를 이끌어냈지만 그뿐이었다. 보름 만에 북한과 양자 대화를 가진 후, '면죄부'를 줌으로써 이 결의를 사실상 무효화했다.

오바마 대통령은 북한 문제에서 목소리를 크게 높이지 않는다. 자주 언급하는 것도 아니다. 그 대신 단계별로, 단호한 조치로 북한을 옥죄는 집요함을 보이고 있다. 2009년 북한의 제2차 핵실험 후에는 '대북 제재 조정관'직을 신설했다. 핵 태세 검토 보고서에서는 북한을 핵 공격 배제 대상에서 제외하는 것은 물론, 핵 확산국으로 규정했다.

2010년 우리 정부의 천안함 폭침 조사 발표와 24일 이명박 대통령의 대국민 담화 직후 백악관 성명이 발표된 것은 워싱턴 시각으로 각각 저녁 10시와 새벽 1시였다. 한밤중에 북한의 '침략 행위'를 강하게 규탄함으로써 국제사회의 '릴레이 성명'을 주도했다.

오바마 대통령은 북한을 지렛대 삼아, 목소리만 컸던 '카우보이 외교'가 아니라 '영리한(smart) 외교'를 하고 있다. 새롭게 들어선 북한의 김정은 체제가 계속 상황을 악화시키다가는 일관되게 북한을 조여가는 '오바마 독트린'의 희생양이 될 수 있음을 알아야 한다.

ARF의 '북한의 굴욕' 목격담

2006년 7월 28일 아세안지역안보포럼(ARF) 회의가 열린 말레이시아 쿠알라룸푸르의 컨벤션센터. 당시에도 지금처럼 북한의 6자회담 거부와 대포동 미사일 발사로 인한 동북아시아의 긴장이 회의의 주요 의제였다.

이른 아침부터 네 시간 가까이 개최된 오전 세션이 끝나자 굳게 닫혀 있던 회의장 문이 살짝 열렸다. 예상보다 일찍 열린 문틈 사이로 기자가 들어가 목격한 모습은 아직도 잊히지 않는다.

한국과 미국을 비롯한 25개 참가국 장관들이 서로 악수를 나누며 삼삼오오 모여 환담하기 시작했다. 하지만 북한의 백남순 외무상(2007년 사망)은 철저히 혼자였다. 백 외무상에게 악수를 청하는 다른 나라의 장관은 아무도 없었다. 그의 바로 옆에 앉아 있던 리자오싱 당시 중국 외교부장도 악수를 청하지 않고 다른 나라의 장관들과 대화하기 위해 자리를 떴다.

회의장을 쓸쓸하게 나서는 백 외무상에게 유일하게 다가가서 말을 붙인 이는 이듬해 유엔 사무총장이 된 반기문 외교통상부 장관이었다. 반 장관은 백 외무상에게 "남북이 한번 만나는 것이 어떠냐"라고 제의했다. 백 외무상은 그런 반 장관의 얼굴을 쳐다보지도 않았다. "그럴 필요 없다"라고 퉁명스럽게 말한 후, 굳은 표정으로 회의장을 빠져나갔다.

북한이 '국제사회의 외톨이'라는 말을 많이 들어왔지만 실제로 '왕따'를 당하는 외교 현장을 목격한 것은 그때가 처음이었다.

당시에도 회의 참가국들은 6자 회담을 거부하며 동북아시아의 불안을 심화하는 북한을 못마땅하게 생각하고 있었다. 아세안 국가들과 중국, 러시아는 북한의 도발적 행태를 싫어하면서도 이를 장외에서는 크게 제기하지 않았다. 비공개 회의장에서 북한을 비판하더라도 바깥에는 가급적 그런 분위기를 노출하지 않으려 했다. 그래서 아세안지역안보포럼의 공동성명은 미국의 희망과는 달리 북한 문제를 크게 부각하지는 못했다.

하지만 북한이 국제사회의 만류에도 불구하고 제2차 핵실험을 한 후 시작된 '유엔 안보리 결의 1874호 체제'는 과거와는 다른 상황을 만들고 있다. 버락 오바마 미 행정부는 미국과 유일하게 화해를 거부하는 북한을 '시범 케이스'로 만들려고 모든 외교력을 동원 중이다.

이 때문에 아세안 국가의 외교부 장관들은 20일 회의가 시작되기도 전에 따로 모여 발표한 성명에 북한 비판 내용을 포함시켰다. "북한의 최근 핵실험과 미사일 발사를 강력히 비난한다"라며 "북한이 유엔 안보리 결의 1874호에 따라 회담에 복귀해야 한다"라고 했다.

이에 앞서 북한이 가입된 비동맹운동(NAM)의 정상회의에서도 비슷한 상황이 벌어졌다. 북한의 김영남 최고인민회의 상임위원장은 16일 이집트에서 폐막된 비동맹운동 정상회의의 공동성명에 6자 회담을 거부하는 문구를 넣기 위해 노력했으나 실패했다. 북한이 1975년 비동맹운동의 멤버가 된 후, 비회원국인 한국을 자극해 온 '한반도 조항'도 34년 만에 처음으로 빠지는 수모를 겪었다.

김대중·노무현 정부가 대북 유화 정책을 펼칠 때 '북한과 제법 말이 통한다'라고 하던 세력이 여전히 존재하고 있다. 여전히 이들이 대화 통로를 갖고 있다면, 북한이 변화하지 않을 경우 '북한의 굴욕' 시리즈는 계속될 것임을 알려주기 바란다.

이와 함께 북한이 완전한 비핵화에 나서면 한국이 400억 달러 규모의 원조를 실행할 것이라는 보도가 나올 정도로 한국은 평양을 도울 준비가 돼 있다는 사실도 전해줬으면 좋겠다. 아세안지역 안보포럼 회의장을 외롭게 나서던 백남순 외무상에게 유일하게 다가가 말을 붙이며 대화하려 했던 이가 한국의 외교통상부 장관이었음을 북한의 김정은 체제는 기억할 필요가 있다.

테러 지원국과 최덕근, 이한영

2008년 미국은 20년 만에 북한을 테러 지원국 명단에서 풀어줬다. 북한은 그 대가로 영변 원자로의 냉각탑 '폭파 쇼'를 준비했다. 냉각탑 폭파가 미북 간 핵 협상 진전을 의미하는 상징적 행위인 데 비해 테러 지원국 해제는 북한에 실질적인 이득을 가져다줄 선물 보따리다. 테러 지원국에서 해제되는 북한은 세계은행과 국제통화기금으로부터 지원받을 자격을 획득한다. 민간 기업의 대북 투자도 본격적으로 가능하게 된다.

북한을 테러 지원국에서 해제하는 문제는 철저히 미국과 북한 간에 논의됐다. 우리 정부는 이 문제에 관여하지 않았다. 북한을 테러 지원국에 지정하게 된 유래를 알면 정부의 이런 처신이 과연 올바른 것인지에 대한 의문이 들게 된다.

'테러 지원국 북한'의 유래는 바로 우리나라와 직접적 연관이 있다. 북한이 미국의 테러 지원국 명단에 등재된 날짜는 1988년 1월 20일이다. 1987년 11월 29일 북한이 대한항공 858기 폭파 사건을 저질러 115명을 숨지게 한 것이 직접적 원인이 됐다. 이후 북한은 한 해도 거르지 않고 테러 지원국 명단에 올랐다.

김대중·노무현 정부는 대한항공 858기 폭파 사건에 대해 북한에 아무런 책임을 묻지 않은 채 테러 지원국 해제를 지지해왔다.

이런 입장은 보수주의를 내건 이명박 정부로 바뀐 후에도 여전하다. 북한에 대한 테러 지원국 해제에 반대하지 않는다는 것이 현 정부의 공식 입장이다. 20년이 지난 일이라고 해도 그냥 넘어가기엔 탑승객들의 목숨을 빼앗아 간 수법이 너무도 끔찍한데 보수 정권에서도 이에 대해 문제 제기를 하지 않는 것이 현실이다.

오히려 미국의 보수파들이 북한이 저지른 대한항공 폭파 사건과 그 이후에도 북한이 테러에 개입한 흔적을 물고 늘어지고 있다. 미국에서 테러 지원국과 관련한 논란을 지켜보다 보면 이미 우리 사회에서 잊혀진 '최덕근'과 '이한영'의 이름을 발견할 수 있다. 조지프 리버먼을 비롯한 미 상원의원 네 명은 결의안을 제출했다. 미 국무부가 북한을 테러 지원국 명단에서 삭제하기 전에 북한이 취해야 할 조건을 담은 이 결의안에는 'Choi Duck-keun(최덕근)'과 'Lee Han Young(이한영)'이 포함돼 있다. "북한이 1987년 대한항공 여객기 폭파, 1996년 블라디보스토크에서 발생한 최덕근 영사 살해, 1997년 탈북자 이한영 암살 이후 어떠한 테러에도 연루되지 않았다는 분명한 증거를 보여야 한다"라는 것이다.

한국에선 이와 관련한 기록조차 찾기 어려워진 상황에서 두 사람의 이름을 영문으로 볼 때의 심정은 착잡하다. 최덕근 영사는 북한이 1996년 동해안 무장 공비 침투 때 사살된 북한 군인에 대한 보복을 다짐한 후 피살됐다. 김정일 북한 국방위원장의 전처 성혜림의 조카인 이한영은 한국에 귀순했다가 1997년 2월 총에 맞아 타살된 시체로 발견됐다.

북한이 테러 지원국이라는 굴레를 벗어던진 것은 미북 관계와 동북아시아의 안정을 위해서 바람직한 것일지도 모른다. 하지만 북한이 연루된 이런 문제들에 대해 아무런 해명을 듣지 못한 채 테러 지원국 해제를 지지하는 것은 국가의 국민 보호 의무를 저버린 것이 아닐까.

북한을 불신하되, 대화하라

미국의 민간단체인 북한인권위원회의 사무총장을 지낸 척 다운스의 명함엔 그의 저서 『북한의 협상 전략』이 명기돼 있다. 그만큼 북한이 구사하는 협상술 분석에 대해 자부심을 갖고 있다. 김정일 북한 국방위원장이 미국의 커런트 TV 기자 두 명을 억류했다가 석방하는 과정은 다운스 총장이 수년 전에 파악한 북한의 협상 전략 그대로다.

그는 북한이 협상을 유리하게 이끌기 위해 상대방의 관심을 모을 사건들을 만든다고 보았다. 그리고 상대방을 수세에 몰리게 한 후, 자신의 관심 사항을 우선적으로 협상하려 한다고 파악했다.

2009년 3월 북한은 미국이 대포동 미사일 발사 준비에 대해 경고했을 때 커런트 TV 기자 2명을 국경 지대에서 붙잡아 억류했다. 그동안 이 지역을 취재한 숱한 남성 기자 대신 더 큰 관심을 모을 수 있는 미국 국적의 여성 기자를 붙잡은 것은 결코 우연이 아니다. 이들에게 12년간의 노동 교화형을 내리고 건강이 좋지 않다는 정보를 흘려 버락 오바마 미 행정부를 곤혹스러운 상태로 몰았다. 또 모든 관심이 유엔 안보리의 대북 제재 결의 1874호의 실행에 쏠리자, 빌 클린턴 전 미 대통령을 불러들여 세계의 이목을 집중시켰다.

다운스 총장의 북한 협상술 분석을 조금 더 차용한다면, 북한이 추진할 다음 단계는 이미 협상된 조항에 대해 재협상을 주장하는 것이다. 2005년 6자 회담에서 북한 핵 폐기를 합의한 9·19 공동성명의 변경을 주장할 가능성이 크다.

오바마 행정부가 숙고해온 것이 바로 이것이다. 북한의 의도가 분명한 상황에서 북한이 조성하는 대화 분위기에 어떻게 대응하느냐는 것이다.

오바마 행정부에서 북한 문제를 담당하는 고위 관계자들이 지닌 공통점은 한두 번씩 북한으로부터 뒤통수를 맞아본 경험이 있다는 점이다. 국가와 국가 간의 합의문이 헌신짝처럼 버려지는 것을 경험한 후, 이번만큼은 북한과의 대화에 신중해야 한다는 입장이 강하다. 오바마 행정부의 고위급 인사는 기자가 보는 앞에서 "북한의 행동에 대해 반드시 보복하겠다"는 표현을 쓴 바 있다. 평소 온화한 성품의 그였지만 단호함이 배어 있는 목소리에서 북한이 이번에도 합의를 어기면 대화가 쉽지 않겠다고 느꼈다.

오바마 행정부가 이렇게 단호한 자세로 대북 제재의 고삐를 늦추지 않고 있는 것은 바람직한 일이다. 그동안 클린턴·부시 행정부가 대북 정책의 일관성을 유지하지 못해 북핵 문제를 악화시켜온 것을 고려하면 이는 긍정적인 현상이다.

오바마 행정부가 이런 입장을 계속 견지할 자신이 있다면, 북한이 내밀고 있는 손을 계속 뿌리칠 필요는 없을 것 같다.

유엔 안보리의 대북 제재 결의 1874호는 2006년 북한의 제1차 핵실험 이후 발동된 1718호보다 훨씬 더 강력하다. 북한을 궁지로 몰고 있는 것이 분명하다. 그렇지만, 북한이 위기 상황에서 인내하는 능력이 미국이나 다른 나라보다 훨씬 더 뛰어나다는 것을 알아야 한다. 북한의 김정은 체제가 계속되는 제재에 고슴도치처럼 몸을 웅크리고 침만 곧추세울 가능성도 배제해서는 곤란하다.

오바마 행정부의 대북 정책 특별대표 후보로도 거론되던 미첼리스 전 국무부 정책실장은 "북한을 싫어하는 것은 판단일 뿐, 정책이 될 수 없다"는 말을 남겼다. 북한에 대해 인내하는 자세로 사상 유례없는 안보 문제를 해결해야 한다는 것이다. 과거에는 북한을 믿는다는 전제하에 대화에 나섰다면, 지금은 북한을 불신하되 대화를 통해 설득하는 노력이 다시 필요한 시점이다.

{ 대한민국
외교통상부의 미래 }

이종교배가 필요한 외교통상부

오바마 행정부의 미국 외교관 중에서 힐러리 클린턴 국무장관 다음으로 전 세계 언론의 주목을 받는 인물이 필립 크롤리 공보 담당 차관보였다. 그가 대변인으로 재임하던 시절, 워싱턴 23번가에 있는 미 국무부 1층 브리핑 룸은 매일 정오 무렵이면 그의 브리핑을 들으려는 내·외신 기자들로 북적거렸다. 북핵 문제를 포함해 크롤리 차관보가 언급하는 것은 바로 미국의 입장이 돼 전 세계에 전파됐다.

국무부 브리핑 룸에서 만난 그는 어느 외교관보다 더 외교적인 언어를 구사했다. 공개 브리핑 때 나오는 그의 발언에 말실수는 없었다. 텔레비전 카메라의 불빛이 꺼지고 비공개 브리핑이 시작되면 그는 때로는 직설적으로 사태의 핵심을 파고들었다. 북한 문제에 대해서도 김정일 국방위원장의 직책을 생략한 채 말하는 경우도 많았다.

이런 그를 직업 외교관으로 생각하기 쉽지만, 그는 공군 대령 출신이다. 1991년 제1차 이라크전에도 참전했으며 1999년 26년간 의 군 생활을 마치고 퇴역했다. 현직에 임명되기 전에는 미 NBC, CBS 방송에서 국가 안보 문제와 관련된 평론을 했다.

크롤리 차관보 외에도 미 국무부 고위 관리의 상당수는 직업 외교관 출신이 아니다. 한반도 업무를 담당하는 커트 캠벨 동아태 차관보 역시 국무부가 아니라 국방부에서 부차관보를 역임했다.

씽크탱크나 학계에서는 정권이 바뀔 때마다 전문성을 갖춘 이 들이 대거 국무부에 들어가 고위 관리들의 활동을 뒷받침하고 있 다. 헤리티지 재단의 연구원이었던 한국계 발비나 황 박사도 크리 스토퍼 힐 전 동아태 차관보에 의해 기용돼 북핵 문제와 관련된 업 무에 관여했다.

미 국무부는 외부 인사 영입을 통해서 '직업 외교관 순혈주의'

가 낳을 수 있는 정책의 편향성과 조직의 동맥경화를 막고 있다.

이명박 대통령은 미 국무부의 이 같은 운용 방식을 잘 알고 있었던 걸까. 워싱턴 체류 경험이 있는 이 대통령은 한국의 외교관 선발 방식에 대해 문제를 제기했다. 이 대통령은 외무고시로만 외교관을 뽑는 방식의 문제점을 지적했다고 한다.

외교관 선발 과정을 포함한 외교통상부 인사의 문제점을 지적한 대통령은 이 대통령이 처음은 아니다. 가까이는 김대중·노무현 정부에서도 이에 대한 논의가 진행됐었다. 하지만 정권 초반에 이런 움직임이 있다가 대부분 흐지부지됐다. 한미 FTA 추진을 계기로 통상교섭 본부에서 외부의 전문 인력을 충원하고 경제 부처와의 인적 교류도 실시했지만 이는 제한적이었다. 외교통상부의 개방형 임용직은 무늬만 외부에서 지원할 수 있도록 해두었을 뿐, 외교관 출신이 도맡아 하다시피 했다. 2006년 11월 외교통상부 사상 처음으로 제2차관에 행자부 행정관리 국장 출신의 김호영 씨가 임명됐을 때도 적지 않은 저항이 있었다.

우리 외교통상부의 순혈주의는 비교적 국제사회 질서가 단순하고 국제 경제가 지금처럼 복잡하게 얽히지 않았던 20세기에는 그럭저럭 통할 수 있었다.

하지만 우리는 2001년 9·11 테러와 2008년 9월 국제 금융 위기 이후 상상하지 못했던 것을 상상해야 하는 시기를 살고 있다. 불안정한 국제 정세에 어떻게 즉각 대응하느냐에 따라 국가의 진로가 달라지는 시대를 겪고 있는 것이다.

이런 상황에서 똑같은 시험을 치른 후, 똑같은 조직 문화에서 똑같이 10~20년 동안 생활하면서 얻은 경험과 지식으로는 국제 사회의 파고를 헤쳐 나가기 어렵다. 외무 고시 동기들을 몇 명 제치는 수준의 능력으로 국장이 되고 대사직을 나눠서 수행하는 시대에서 벗어나야 할 단계에 돌입했다.

외국을 상대하면서 국제 감각을 갖춘 기업인과 국제사회 활동 경험이 있는 이들이 대거 영입되면 외교통상부는 훨씬 더 건강한 조직으로 태어날 수 있다. 외교관 채용 경로의 다양화와 '이종교배'는 자신의 명함에 외교통상부 로고를 새겨 가지고 다니는 이들에게도 궁극적으로는 도움이 될 것이다.

내교(內交) 못 하는 외교통상부

외교통상부의 체질 개선을 위한 안팎의 요구는 계속되고 있다. 외교통상부를 둘러싸고 발생한 여러 사안과는 별개로 부처 관계자들은 외교통상부가 정부 조직으로서 권위를 갖고 있는지에 대해 깊이 생각해볼 필요가 있다.

외교통상부는 2004년 이라크에서 참수당한 김선일 씨 사건을 겪은 후 체질 개선을 추진한 것이 사실이다. 영사 문제를 다루는 홈페이지를 만들고 전례 없이 우수 인력을 영사 담당 부서에 배치했다. 2007년 7월 샘물교회 의료봉사단 피랍 사건이 발생하기 전에 이미 아프가니스탄을 '여행 제한 국가'로 지정했다. 그해 2월엔 이 행사를 기획한 한민족복지재단 측에 공문을 발송하여 봉사단

파견을 자제해달라는 요청도 했다. 그것도 모자라 인천 국제공항에 아프가니스탄 여행을 자제할 것을 당부하는 입간판도 설치했다.

외교통상부가 주목해야 할 부분이 바로 여기다. 외교통상부의 이런 노력이 왜 아무런 효과가 없었을까. 워싱턴의 한 외교관은 "일국의 정부가 위험 지역으로 분류한 곳에 어떻게 한두 명도 아니고 스무 명이 단체로 들어갈 수 있는지 잘 이해되지 않는다"라고 말했다. 샘물교회 의료봉사단원 중 세 명은 바로 외교통상부가 공항에 세워둔 그 입간판 앞에서 웃는 얼굴로 기념사진을 찍은 후 출국했다.

그 해답은 한민족복지재단 관계자가 사건 발생 후 언론 인터뷰에서 한 발언에서 찾을 수 있다. "현지 상황은 저희가 볼 때 그렇게 우려할 만한 상황이 아니라고 판단했다." 아프가니스탄 공관에 전문 외교 인력을 두고 매일같이 현지 상황을 점검한 끝에 나온 외교통상부의 판단보다는 자체 정보망을 더 신뢰한 것이다. 결국 외교통상부의 경고는 한 귀로 듣고 한 귀로 흘릴 만한 정도의 무게밖에는 갖고 있지 않았던 것이다. 다시 말해 대한민국 외교통상부와 외교관들이 하는 일에 걸맞은 권위와 설득력을 갖고 있지 못하다는 이야기다.

사실 각종 정부 대책 회의에서 외교통상부의 목소리가 힘 있는 부처의 목소리에 눌려 묻혀버리는 것은 비밀이 아니다. 정부 조직과 재정을 장악하고 있는 행정자치부, 재정경제부, 기획예산처는 아예 외교통상부를 별종 취급을 한다. 유엔 사무총장이 된 반기문 전 외교통상부 장관조차 국무회의에서 외톨이가 되기 일쑤인 외교통상부 장관의 처지에 대해 아쉬움을 표현한 적이 있다. 그렇다고 국민들이 특별히 이런 외교통상부를 동정하거나 신뢰하는 것도 아니다.

한국과는 달리 미국에서는 외교를 담당하는 국무부가 내각에서 가장 권위 있는 부서 중 하나라는 데 이론이 없다. 미국의 대통령 당선자가 가장 중요하게 인선을 하고 언론이 많은 관심을 갖는 각료가 바로 국무장관이다. 그런 국무부가 발령하는 위험 지역 경고(travel.state.gov)는 미국인들은 물론 다른 나라들까지 참고할 정도로 공신력이 있다. 차관보급의 대변인이 매일 실시하는 정오 브리핑은 구체적이면서도 적지 않은 무게감을 느낄 수 있기에 하루라도 이를 흘려들을 수가 없다.

한국의 외교통상부는 어떻게 해야 조직의 권위를 살리고 존재 의의를 인정받을 수 있을지를 깊이 고민해야 한다. 그러기 위해서는 외교뿐만 아니라 내교를 잘하는 법을 배울 필요가 있다. 국민과 원활하게 소통하는 내교를 통해 신뢰받는 정부 조직이 될 때, 그리하여 외교통상부의 위험 지역 경고가 누구도 무시할 수 없는 위엄을 가질 때 이런 어처구니없는 사태의 재발을 막을 수 있을 것이다.

한미 양국의 '이벤트 외교'

2003년 2월 25일 노무현 정부 출범 후, 주한 미군 감축, 미군 기지 조정, 전략적 유연성, 전시작전통제권 문제로 4년 동안 티격태격

하던 양국 행정부가 말년에는 손발을 척척 맞췄다.

양국 정부는 2007년 6월 30일 워싱턴에서 원래의 합의대로 한미 FTA 서명식을 개최했다. 양국 행정부 관계자, 정계·경제계 인사들이 다수 참석한 이날 행사에서 '한미 동맹이 강화됐다'는 목소리가 여기저기서 나왔다. 조지 W. 부시 미 대통령은 서명식에 맞춰 이례적으로 한국의 비자 면제 프로그램 가입을 위해 노력하겠다는 성명을 발표하는 성의를 보였다.

이 행사를 막후에서 준비한 송민순 외교통상부 장관은 자신감이 넘쳐 보였다. 워싱턴을 방문한 송 장관은 "한미 관계가 좋지 않다고 하는 사람들이 있는데 어디가 나쁘냐고 반문하면 아무 말도 하지 못한다"라며 활짝 웃었다.

양국 행정부 관계가 '절정기'를 맞이한 배경에는 아이로니컬하게도 북한이 있다. 양국이 북한을 매개로 '이벤트 외교'를 펼치면서 호흡을 맞추는 현상이 눈에 띄었다.

외교에는 크게 볼 때 두 가지 방식이 있다. 문제가 되는 사안을 물밑에서 먼저 해결한 후 세러모니(의식) 형태로 고위급 회담을 갖는 것이 일반적이다. 외교 사안을 본질적으로 해결한다는 점에서 외교관들이 선호하는 전통적인 방식이다.

당시 한미 양국이 추진하는 방식은 이와는 반대였다. 본질적인 문제 해결 없이 협상의 동력을 만들고 여론의 지지를 얻기 위해 고위급이 만나는 세러모니 형태의 이벤트 외교를 선호했다. 크리스토퍼 힐 미 국무부 차관보가 북한의 초청을 받은 지 하루 이틀 만에 전격적으로 북한을 방문, 신문의 1면을 장식한 것이 하나의 예다.

　문제는 양국이 벌이는 이벤트 외교로 '북핵 해결' 목표가 달성되면 다행이지만, 그 반대로 진행됐다는 것이다. 북한은 지금까지 2005년 9·19 공동성명에서 약속한 '모든 핵 폐기'를 한 발짝도 채 진전시키지 않았다. 북한의 영변 핵 시설은 가동이 중단됐지만 우라늄 농축 핵 프로그램(UEP)은 활발하게 가동되고 있다. 문제 해결이 수반되지 않는 상황에서 이벤트 외교는 국민들에게 '착시 현상'을 일으켜 안보 불감증을 심화할 수 있다.

　게다가 이벤트 외교는 공짜가 아니다. 북한이 몇 차례 한미 양국을 번갈아 만나 악수하는 대가로 우리 정부로부터 쌀과 비료를 가져가는 것을 숱하게 보아왔다. 이런 이유로 한미 양국의 관계가 긴밀해지고 한목소리로 이벤트 외교를 추진하는 상황에 무작정 박수만 칠 수는 없다.

외교통상부 인사 시스템의 문제

미국 국무부의 외교관들은 특별한 경우를 제외하고는 보통 6개월이나 1년 전에 자신들의 다음 부임지를 알게 된다. 이 때문에 취재하면서 알게 된 미국 외교관들이 다음에 어디로 부임하는지 오래 전부터 알 수 있었다. 국무부 한국과의 북한 데스크를 역임한 유리 김 동아태 차관보 보좌관이 이라크로 떠난다는 것과 한국과 부과장으로 근무한 모린 코맥은 유럽 과장으로 승진한다는 것을 6개월 전에 알 수 있었다.

코맥 부과장은 유럽 과장에 내정된 후 영국과 프랑스 등 유럽과 관련된 일이 화제가 될 때마다 신문 기사를 보며 공부를 해왔다. 같은 해 이라크로 발령을 받은 헨리 해가드 전 주한 미국 대사관 정치팀장은 1년 전부터 배치될 공관을 알고 있었기에 해당 언어에 관심을 기울여왔다.

이와는 달리 한국의 외교관들은 두 달 전이 되어서야 비로소 자신들의 부임지를 알게 된다. 보통 8월에 부임하게 되는 해외 공관이 6월에야 결정되는 외교통상부의 낡은 인사 제도 때문이다.

현재의 외교통상부 인사 시스템에서는 아무도 자원하지 않는 아프리카 지역은 사실상 다른 지역의 대사관을 모두 채운 후, 마지막에 결정된다. 서울에 근무했던 미국 외교관 A 씨는 "한국 외교통상부의 인사 시스템을 이해하기 어렵다"라며 "가족들이 모두 함께 움직이는 외교관에게 두 달을 앞두고 전혀 생각지도 않던 곳으로 갑자기 옮기라고 하는 것은 가혹하다"라고 말했다.

두 달 전에야 2, 3년간 근무할 공관이 결정되는 한국의 외교관은 해당 국가에 대해 충분히 연구할 시간이 없이 부임하는 경우가 대부분이다. 이렇게 발령받은 외교관들이 과연 임지에서 100퍼센트 능력을 발휘할 수 있을까. 갑자기 험지 발령을 받은 외교관들은 마음을 추스르는 데도 한참이 걸린다. 후진국에 배치된 외교관들의 비애는 외교통상부 본부에서도 이들에게 크게 신경을 쓰지 않는다는 데 있다. 열악한 생활환경에 대한 개선과 인력 충원 건의는 뒷전으로 밀리기 일쑤다.

급박하게 인사가 진행되다 보니 항상 정기 인사 후에 뒷말이 많이 나오는 곳이 외교통상부다. '자원 외교'를 명분으로 갑자기 외교관들이 아프리카에 추가 배치될 때 주요 공관의 모 외교관이 모든 연줄을 동원해서 극적으로 이를 피했다는 소문이 파다했다. 한 외교관은 전혀 예상치 못한 지역에 발령을 받고 이를 어떻게 아내에게 설명해야 할지를 고민했다고 한다.

이런 상황에서 주카메룬 대사관 개설을 위해 단신으로 부임한 외교관이 공무차 서울에 출장을 왔다가 숨진 사건은 마음을 아프게 한다. 이 사건을 계기로 평소 개인적인 의견을 표출하지 않던 외교관들이 내부 통신망에 글을 올려 외교통상부 인사와 행정의 본질적인 문제점을 지적하고 있다.

환경이 열악한 지역에서 근무하다가 숨진 외교관에 대한 책임이 전부 외교통상부에 있는 것은 분명 아닐 것이다. 또 외교관이라면 험지 근무도 기꺼이 받아들여야 하는 것이 숙명이다.

하지만 미래를 예측하기 어려운 인사 시스템이 외교관들의 사기를 떨어뜨리고 있는 것은 아닌지, 과로를 촉진하는 것은 아닌지 살펴볼 필요가 있을 것 같다. 이는 외교관의 후생 복지만을 위한 것은 아니다. 이제는 외교통상부의 인사 시스템이 국익과 국가 경쟁력에 직·간접적으로 연결돼 있다는 인식이 필요하다. 공관 개설 업무로 분주히 활동하다가 태어난 지 7개월 된 아들의 재롱도 제대로 보지 못한 채 세상을 떠난 외교관 유홍근 씨의 명복을 빈다.

주카메룬 한국 대사관의 유홍근 참사관의 순직을 계기로 이 칼럼을 쓴 후, 유 참사관의 여동생이 보낸 이메일을 받았다. 그 내용을 일부 소개한다.

"제가 이렇게 글을 쓰게 된 것은 현재 애통하고 참담한 고통을 받고 있는 유가족을 대표하여 저희 오빠 유홍근 참사관의 순직 원인에 대한 근본적인 문제 진단과 명확한 논조에 대해 뒤늦게나마 깊은 감사의 말씀을 드리고자 함입니다.

이 기자님께서 작성하신 칼럼을 수십 번씩 읽으며 수없이 흐르는 눈물을 삼키고 있습니다. 이 기자님의 칼럼은 저를 비롯한 유가족에게 많은 위로가 되고, 기사를 접한 망자의 지인들이 계속 연락을 주시는 상황입니다.

현재 저를 비롯한 망자의 외무 고시 동기들과 여러 지인이 망자에 대한 자료를 수집 중이며 오랫동안 망자를 기억할 수 있는 방법을 모색하고 있습니다.

특히 이 기자님의 칼럼은 망자를 기리는 중요한 자료임과 동시에 나중에 저의 두 조카에게도 훌륭한 아빠의 존재를 알릴 수 있는 소중한 자료가 될 것입니다.

너무나 원통해서 먼저 뭐라고 말씀을 드려야 할지 모르겠습니다. 밖에서는 성실하고 유능한 외교관이자, 신뢰받는 동료이자, 친구였고 안에서는 좋은 가장이자, 아빠이자, 아들이자, 오빠였는데 이 비통한 상황을 어떻게 받아들여야 할지 모르겠습니다. 특히나 건강한 오빠였는데 어떻게 몇 시간 사이에 바람처럼 갈 수가 있는지, 어떻게 평화롭던 집안에 이런 참사가 일어날 수 있는지 도무지 현실을 받아들이기가 어려운 상황입니다.

이번 일을 계기로 비단 제 오빠만의 문제가 아니라 언제 어디서든 누구한테나 일어날 수 있는 비극이기에, 우리나라 외교관의 위상과 열악하고 후진적인 근무 환경에 대해서도 다시 한 번 깊이 생각해보고, 외교통상부뿐만 아니라 사회 전반의 근본적인 문제점들에 대한 많은 생각이 스치고 지나가게 됩니다. 대단히 감사드립니다.

경쟁 없는 외교관 사회

대한민국 외교통상부는 주기적으로 위기론이 나온다. 미국산 쇠고기 파동에 이어 일본에 의해 독도 영유권 문제가 제기되면서 '대한민국 외교 위기론'이 거론됐다. 소위 '특채 파동'으로 인한 문제도 외교통상부를 괴롭혔다.

그러나 1989년 베를린 장벽 붕괴로 인한 냉전 해체 이후의 상황을 되돌아보자. 우리나라가 외교에서 독자적인 목소리를 내기 시작하면서 위기 상황에서 멀리 벗어난 적이 얼마나 있었던가.

미국과는 주한 미군 주둔을 비롯한 동맹 문제로, 일본과는 독도 영유권 주장과 어업 협정 때문에 큰 갈등을 겪었다. 중국이 고대사 날조를 위해 동북 공정을 추진하면서 홍역을 치렀고, 러시아

와도 한소 수교를 위해 제공한 차관 문제 때문에 여전히 껄끄러운 관계다.

'대한민국 외교 위기'의 대부분은 제대로 해결되지 않은 채 봉합되는 것이 특징이다. 한국이 봉착한 외교 문제들은 전자오락실의 '두더지 잡기'처럼 번갈아가며 제기되거나 운이 나쁠 경우 한꺼번에 터져 나와 국가의 힘을 소진시킨다.

이제 국민들은 좌우의 정치권력을 번갈아 겪으면서 정치인들이 외교·안보 문제에 대해 적절하게 대응할 만한 능력이 없다는 것을 알게 됐다. 이런 상황에서는 특정 정권의 허황된 공약을 믿기보다는 어떤 정치 세력이 집권해도 외교적 갈등을 최소화거나 이를 해결할 수 있는 외교관을 보유하는 것이 중요하다는 데 논의가 집중될 때도 됐다.

전 세계에 산재해 있는 천여 명에 이르는 전문 외교관들의 총체적 경험과 지식이 합쳐진다면 '아마추어 집권 세력'의 허술한 대응을 막고 최상의 대비책을 만들 수 있다.

그러기 위해서는 한국의 외교관들에게도 경쟁의 개념을 도입하고 창의력과 돌파력이 뛰어난 외교관을 연공서열에 구애받지 않고 발탁할 수 있도록 개혁하는 것이 필요하다.

한국의 외교통상부처럼 철저히 외무 고시 합격 연도를 따져서 인사를 하다 보면 크리스토퍼 힐 미 6자 회담 수석대표나 중동 평화 협상을 이끈 데니스 로스, 보스니아 평화협정을 타결시킨 리처드 홀브루크 같은 '스타 외교관'을 발굴할 수 없다. 불과 2000년대 중반에 주한 미국 대사관에서 1등서기관으로 근무하다가 국무부 한국 과장, 대북 특사를 거쳐 주한 미국 대사로 초특급 승진을 한 한국계 미국 외교관 성 김 같은 사례는 한국의 외교통상부에서 상상할 수 없다.

미국의 외교관들은 우리나라처럼 '외시 동기'라는 동기 개념이 없다. 또 경쟁에서 도태되면 대사 타이틀을 달지 못한 채 공사급 보직에서 끝나는 경우가 허다하다.

하지만 한국 외교관들은 보직이 문제일 뿐, 대사로 퇴임할 가능성이 90퍼센트를 상회한다. 징계를 받거나 특별한 결격 사유가 없는 한 모두가 최소한 한두 번은 대사가 되는 것이 현재의 구조다. 민간 기업에 비유하면 신입 사원 모두가 20년가량 지나 모두가 부장 또는 이사가 되는 것이다.

이런 구조하에서는 창의력을 발휘하고 국제 현장에서 경험한 소신을 정치권력에 펼쳐 보이며 올바른 방향으로 설득하기보다는 현실에 안주하기 쉽다. 굳이 밤새워 노력하지 않아도 어느 정도 보상이 주어지는 상황에서 현실을 타개하려는 동기는 줄어들기 마련이다.

외교통상부 운영의 근본적인 패러다임이 바뀌지 않는다면 무능력하거나 방향을 잘못 설정한 정권에 의해서 끊임없이 반복되는 외교 위기 현상을 바라볼 수밖에 없게 된다는 것을 이젠 깨달을 때가 됐다.

외국 정보 제대로 수집하나

2008년 초 주시카고 캐나다 총영사관의 조셉 드모라 영사는 버락 오바마 상원의원의 경제 참모인 오스탄 굴스비를 만나고 있었다. 시카고 경제학과 교수인 굴스비는 2004년 오바마가 상원에 입성할 때는 물론이고 대통령 선거에 출마했을 때 대선 경제 정책을 조언하는 실세 참모였다. 드모라 영사는 오바마 의원이 북미자유무역협정(NAFTA)을 재협상하겠다는 입장을 밝힌 데 대해 배경 설명을 요청했다. 굴스비 교수는 오바마 의원의 NAFTA 재협상 발언은 대통령 선거전의 정치적 입장이지 정책이 아니라고 안심시켰다. 이날 회동 결과는 워싱턴의 주미 캐나다 대사관을 거쳐 오타와의 캐나다 정부로 즉각 보고됐다.

AP 통신의 보도로 알려진 이 사건은 각 국이 미 민주 · 공화당의 대통령 후보가 결정되기도 전에 각 후보 진영과 네트워크를 갖고 있음을 상징적으로 보여주는 것이다. 특히 민주당의 유력한 대선 주자인 오바마 캠프와 밀접한 관계를 갖고 자국과 관련된 정보를 입수하기 위해서 물밑에서 활동하는 정황이 드러났다고 할 수 있다.

총영사관은 대사관과는 달리 자국 주민들과 관련된 영사 업무가 주 업무다. 하지만 캐나다 외교부는 오바마 의원의 정치적 기반이 시카고에 있음을 주목하고 시카고 총영사관의 외교관을 통해 그의 캠프에 접촉한 것으로 분석되고 있다.

오바마 캠프와 네트워크를 만들고 자국과 관련한 정보를 입수하기 위해서 뛰는 것은 캐나다뿐만이 아니다. 워싱턴의 씽크탱크가 몰려 있는 매사추세츠 가 일대에는 일본의 외교관들이 오바마 캠프와 관련된 인사들을 잇달아 접촉하고 있다는 소문이 파다했다.

선진국의 외교관들이 주재국의 대통령 선거 과정에 주목하고 캠프의 주요 인사들과 접촉을 갖는 것은 더 이상 비밀이 아니다. 미 국무부는 한국의 대통령 선거가 시작되기도 전인 2006년 말부터 주한 미국 대사관과는 별도로 정세 분석관을 한국에 파견하여 선거 동향을 분석했다. 약 3주 단위로 서울에 머문 이들은 출마가 예상되는 유력 후보의 주변 인물들을 만나 보고서를 작성했다. 또 정계 · 경제계 · 언론계는 물론 대학생 · 여성 · 직장인들의 대표 그룹을 만나 동향을 분석했다. 젊은 층의 변화를 파악하기 위해 고등학생들을 직접 만나 보고서를 작성한 정세 분석관도 있었다. 이들의 보고서는 현지 주재 대사관의 정례 보고와는 별도로 관리돼 본부에서 서로 비교해볼 수 있도록 돼 있다. 이런 시스템은 미국의 외교가 힘을 발휘할 수 있는 든든한 배경이 되고 있다.

협상이 공무원들의 필수과목돼야

미국의 연방 하원의원을 지낸 재미 교포 김창준 씨는 한미 관계에 관심이 많았다. 워싱턴에서 김 전 의원을 알게 된 후, 양국 관계를 소재로 많은 이야기를 나눴다. 2008년 한국에서 과장된 언론 보도로 '미국산 쇠고기' 파동이 났을 때 상심하는 기색이 역력했다. 한국에서 이 문제로 인한 여파가 계속되자 김 전 의원이 만나자고 했다.

"이 특파원, 이런 식의 논란이 지속되는 것은 어느 쪽에도 이롭지 않아. 한미 간의 '자율 규제 협정'을 체결하면 좋지 않을까."
이 말을 들은 나는 하나의 해법이 될 수 있겠다는 생각에 김 전 의원에게 조선일보에 기고해줄 것을 요청했다.

김 전 의원은 며칠 후 「재협상보다는 자율 규제 협정(VRA) 요구해야」라는 제목의 시론을 조선일보에 기고해 실었다. 당시 정부가 현 사태의 심각성을 미처 못 깨닫고 안이한 대응을 하고 있을 때 "광우병 위험이 없다고 아무리 설명해봤자 오히려 역효과를 초래한다"라며 한국 정부를 비판했다.

이어 1981년 일본이 미국과 맺은 자동차 수입에 관한 자율 규제 조치를 소개하며 미국 쇠고기 문제에 대해서도 이 방안을 적용하는 것이 '윈윈 게임'이라고 강조했다.

이 기고문이 발표된 후 워싱턴의 주미 대사관 관계자가 김 전 의원에게 전화를 걸었고 이와 관련한 구체적인 내용이 신속하게 정부로 보고됐다.

이어 서울을 방문한 김 전 의원은 청와대의 고위 관계자를 면담하여 자율 규제 협정을 설명하고 미 정치권의 동향도 전달했다.

한국의 방송과 다른 신문들도 그가 제시한 해법을 주목한 이후 자율 규제 협정이 대안으로 제시됐다. 정부가 이 사태를 수습하기 위한 방안으로 자율 규제 협정을 선택한 상황은 나중에 공개되겠지만 김 전 의원의 기고가 영향을 미친 것은 분명해 보인다.

국가를 뒤흔들 정도의 심각한 사안에 대한 해법이 정작 정부 내에서가 아니라 외부에서 제안되는 상황은 사태의 해결과는 별도로 중대한 문제를 제기했다. 이젠 이와 유사한 사태가 재발할 경우에 대비해, 각 국의 사정에 정통한 공무원을 몇 명이나 확보하고 있으며 이에 대한 경험이 축적되고 있느냐에 주목할 때가 됐다.

국제정치에서 현실주의 이론으로 유명한 한스 J. 모겐소 전 시카고대 교수는 국력의 아홉 가지 기본 요소 중의 두 가지로 ‘정부의 질’과 ‘외교의 질’을 꼽았다.

그는 “여론은 책임 있는 정부에 의해 끊임없이 창조되고 재창조되는, 동태적이고 항상 변화하는 실체라는 점을 인식해야 한다”라며 정부 관계자의 전문성과 책임감을 강조했다. 또 “유능한 외교는 그 나라 국력의 구성 요소를 모조리 결합했을 때 흔히 일반적으로 예상되는 수준을 훨씬 능가하는 국력을 유지할 수 있도록 해준다"라며 외교를 중시했다.

1년에 최소한 수천만 원 이상의 세금을 써가며 미국을 비롯한 외국에서 2년가량 연수한 대한민국 공무원의 수는 부지기수다. 외무·행정 고시에 합격한 공무원들은 정부의 수요보다는 개인의 관심에 따라 연수지를 선택해 자신들의 학력을 석사 또는 박사로 늘려왔다. 문제는 이런 식의 연수가 공무원 개인의 경험을 늘리는 데 도움이 됐을지 모르나 외교와 협상에서 정부의 총체적 역량을 늘리는데 크게 도움이 되지 않았다는 점이다.

그 결과 대한민국은 프랑스와의 외규장각 도서 반환 협상, 국제통화기금의 자금 지원 조건 협상, 대우자동차 매각 협상에 이어 다시 미국 쇠고기 협상에서 외국의 대학에 협상 실패 사례를 제공하는 결과를 낳았다.

21세기의 국가 경쟁에서 외교와 협상은 외교통상부 공무원들만 하는 것이 아니다. 수출로 먹고 살고 강대국 틈바구니에서 생존해야 하는 대한민국에서는 외교와 협상이 모든 공무원의 필수 과목이 돼야 한다.

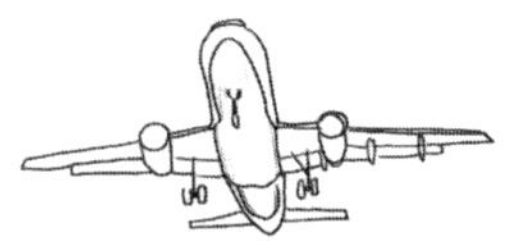

{ 밖에서 바라본
　　　한반도 }

미국 곳곳에 뻗은 일본의 힘

워싱턴에서 한국에 제법 이름이 알려진 '동북아시아 전문가'를 만났을 때의 일이다. 그는 인터뷰 내내 시계를 보고 있었다. 약속했던 인터뷰 시간이 끝나기 전에 다음에 만나야 할 손님이 있다며 양해를 구했다.

준비해간 질문을 다 하지 못한 채 주섬주섬 가방을 챙겨 나올 때 그의 사무실 밖에서 기다리고 있던 일본인이 눈에 띄었다. 기자의 뒤편에서 그의 비서가 미국에 주재하는 도요타 자동차의 중견 간부를 소개하는 목소리가 들려왔다. 미국 내에서 일본 정부뿐만 아니라 민간 기업도 힘을 보태는 '일본식 외교' 현장을 목격한 순간이었다.

평소에는 잘 드러나지 않지만 필요할 때는 확실하게 작동하는 것이 미국 내 일본의 힘이다. 2008년 미국과 북한 간 협상의 진전

으로 당장 실행될 것 같던 북한에 대한 테러 지원국 해제가 지연된
데에는 일본의 외교력도 한몫했다. 베이징에서 열린 크리스토퍼
힐 국무부 차관보와 김계관 북한 외무성 부상이 회동한 주요 목적
중의 하나는 일본인 납북자 15명에 대한 논의였다. 힐 차관보 스스
로 이 회동에서 일본인 납북자 문제가 다뤄졌음을 숨기지 않았다.

일본 정부는 힐–김계관 회동 전에 열린 한·미·일 3자 협의
에서 한국과 달리 자국의 납북자 문제에 대한 입장을 분명히 밝혔
다. 기존의 미국 입장대로 납북자 문제의 해결 없이 북한이 미국의
테러 지원국 명단에서 해제되어선 안 된다는 것이다. 일본의 이 같
은 입장 재확인을 전후로 미국 내에서 일본을 지지하는 발언이 잇
달아 나온 것은 우연이 아니었다.

워싱턴에서 2008년 국가정책연구소(CNP)가 주최한 세미나는
일본의 입장을 대변한 자리였다. 전략국제문제연구소의 일본 실장
을 맡고 있는 마이클 그린 전 국가안전보장회의 아시아 담당 선임
국장은 이례적으로 '미일 동맹의 위기'를 언급했다. 미국이 일본인
납북자 문제의 해결 없이 북한을 테러 지원국 명단에서 삭제할 경
우 미일 동맹이 위기에 처할 것이라고 경고했다. 나중에 오바마 정
부에서 국방부 부차관보에 임명된 스탠리 재단의 일본 전문가 마
이클 시퍼도 이 문제에 관해 같은 목소리를 냈다. 이에 앞서 미 의
회는 테러 지원국 문제에 일본의 입장이 고려돼야 한다는 법안을
통과시키기도 했다.

세계 정치의 중심지인 워싱턴에서 어디를 가나 일본의 힘을
발견하고 놀라는 경우가 한두 번이 아니다. 워싱턴 주미 일본 대사

관저에서 열린 리셉션에 참석했을 때 먼저 들러야 했던 곳은 인근 교회의 대형 주차장이었다. 일본 대사관 측은 방문객이 넘치자 자동차로 10분 떨어진 교회 주차장에서 보안 수색을 마친 후 셔틀 버스로 이동시켰다. 동북아시아 정세와 관련된 회의나 세미나에 안보 문제와는 직접적인 이해관계가 없는 일본 상사나 은행의 직원을 만난 적도 여러 번 있다.

미국에서 일본이 힘을 발휘하는 현상은 하루아침에 이뤄진 것이 아니다. 현재 미국 내에서 일본의 목소리를 대변하는 일본 전문가들은 대부분 조기에 발굴돼 오랫동안 '관리'된 케이스다. 일본의 정부와 민간단체는 미국의 유망한 일본 연구자들에게 대학원생일 때부터 비즈니스석 왕복 티켓을 주고 연구비를 지원해왔다.

한국의 국익과 관련된 사안이 미국에서 제기될 때 일본 전문가들처럼 우리의 입장을 대변할 '한반도 전문가'는 과연 몇 명이나 될까? 심은 대로 거두는 이치가 국제 관계에서도 예외는 아닌데 우리는 아직도 이에 대한 관심이 부족하다.

한 · 일 · 중 3국 협력사무국 출범

2011년 한국 외교에서 눈에 띄는 것은 '한 · 일 · 중 3국 협력사무국'을 서울에 개설하는 데 성공한 것이다. 이를 기념하는 서울 국제학술회의에는 하토야마 유키오 전 일본 총리와 탕자쉬안 전 중국 국무위원 외에도 200여 명의 3국 지식인들이 참석했다. 이들이 한국어 · 중국어 · 일본어와 영어를 자유롭게 섞어 쓰며 동북아시아의 미래를 논하는 모습은 새로운 기대를 갖게 했다. 동북아시아가 평화롭게 발전해온 유럽공동체의 궤적을 따를 경우, 3국 협력사무국 유치는 큰 성공 사례로 역사에 남을 것이다.

이 사무국의 서울 개설은 '한국의 지정학적 위치가 좋지 않다'는 고정관념을 깰 신호탄으로도 기록될 전망이다. 중국과 일본은 이 사무국을 서울에 설치하자는 우리 측 아이디어를 거부하지 못했다.

3국 협력사무국의 초대 사무총장으로 임명된 한국 외교관 출신의 신봉길 사무총장은 첫 임무로 이 사무국의 명칭을 중재하는 데 성공했다. 2013년 일본 출신 사무총장이 취임하면 '일 · 중 · 한 협력사무국'으로, 2015년 중국인이 사무총장이 되면 '중 · 한 · 일 협력사무국'으로 부르기로 했다. 작은 에피소드지만, 우리의 역할을 상징적으로 보여준 것이다.

지난 50여 년간 한국은 지도상의 위치만 그대로일 뿐, 모든 것이 다른 나라로 변했다. 지난해 우리나라의 국민총소득은 1조 463억 달러다. 일본의 4조 8792억 달러, 중국의 3조 6785억 달러보다는 작지만 더 이상 19세기 말에 강대국이 마음껏 유린하던 나라가 아니다. 1인당 GDP는 중국의 다섯 배, 일본의 절반 수준으로 커졌다.

주변 강대국들이 한반도의 지정학적 위치를 더 중요하게 인식하는 상황도 나타나고 있다. 미국이 이명박 대통령을 국빈으로 초청하고 상 · 하원 합동 연설의 기회를 준 것은 지정학적 관점에서도 설명이 가능하다. 전 세계 GDP의 19퍼센트를 기록하며 세계의 성장 동력이 된 동북아시아를 놓치지 않기 위해 한미 동맹을 계속 확대하고 싶어 하는 속마음을 드러낸 것이다.

중국 총리직에 오를 것이 확실시되는 리커창 부총리는 오랫동 안 우리 정부의 방한 요청을 받아들이지 않았다. 그랬던 리 부총리 가 이 대통령의 미국 국빈 방문 후 2주 만에 방한한 것은 단순한 오 비이락이 아니다. 한미 관계가 공고해지는 상황에서 리 부총리를 보내 중국의 존재를 분명히 할 필요가 있었던 것이다. 중국과 일본 이 경쟁적으로 한국에 'FTA 러브콜'을 보내는 것과 러시아가 남 · 북 · 러 가스관을 내세워 한국으로 달려오는 것은 지정학 전공자들 이 다시 연구해야 할 '사건'이다.

미국 시카고대의 존 미어세이머 교수는 한 언론과의 인터뷰에 서 '전 세계에서 지정학적으로 가장 불리한 위치에 있는 나라가 한 국과 폴란드'라고 했지만, 그 말은 이제 수정돼야 한다. 시대를 내 다보는 지도자와 올바른 전략만 있으면 우리의 지정학적 위치는 얼마든지 강점이 될 수 있다는 자신감을 가져볼 만하다.

한국은 여전히 낯선 나라

1993년에 입사해 9년간의 기자 생활을 한 뒤 2002년 미국에서 연 수할 기회를 가졌다. 그해 7월 미국 하버드대 케네디 행정대학원 석사과정에 입학한 날, 학교 측으로부터 명찰을 받았다. 공식 행사가 있을 때 200여 명의 동기들과 가능한 빨리 사귀라고 나눠준 이름표였다. 거기엔 나의 영문 이름 Hawon LEE와 함께 'South Korea'가 적혀 있었다. 당장 교무과를 찾아갔다. 담당 직원에게 "왜 명찰에 한국의 정식 국호를 쓰지 않았느냐"라고 항의했다. 이 직원은 미안하다고 사과한 후, 'Republic of Korea'가 쓰인 명찰을 다시 만들어줬다.

내 희망대로 대한민국의 영문 국호가 쓰인 명찰을 단 후, 미국 동기들한테서 잇달아 같은 질문을 받았다. "남에서 왔느냐, 북에서 왔느냐." 이틀 뒤, 기자는 다시 교무과로 향했다. 이번에는 내가 미안하다고 말하면서 국가 이름을 원래 학교 측에서 표기한 대로 'South Korea'로 바꿔달라고 했다.

많은 시간이 흘렀지만 아직도 한국을 잘 모르거나 남북한을 혼동하는 미국인들이 적지 않다. 오지가 많은 미국의 중서부 지역뿐만 아니라 워싱턴에서도 그랬다. 미 의회에서 의원 보좌관으로 근무하는 재미 교포 2세는 나와 만났을 때 한숨을 쉬었다. "내가 한국계라는 것을 알고는 남한에서 왔느냐, 북한에서 왔느냐고 물을 때 신경질이 나요. 의회에서조차 한국과 관련이 없는 의원과 보좌관들은 한국을 너무 모릅니다."

북한은 1990년대 본격적으로 핵 개발을 시작한 후, 미디어를 통해 훨씬 더 많이 미국에 알려졌다. 미국의 언론 매체가 중요하게 다루는 'KOREA' 기사는 70퍼센트 이상이 북한과 관련된 것이다. 한국의 경이로운 경제성장에도 불구하고 적지 않은 미국 국민들은 한국을 잘 모른다. 한국을 낯설게 느끼는 현상은 최근 발표된 여론조사에서도 입증됐다. 미국의 '시카고 국제문제협의회'는 2009년 한미 관계에 대한 여론조사를 실시했다. 한국국제교류재단의 재정 지원을 받아 미국의 성인 남녀 2596명을 상대로 한 것이다.

그 결과 '한국이 민주주의 국가가 아니다'라는 응답이 40퍼센트로 나타났다. 응답자의 절반만이 한국을 민주주의 국가라고 답했다.

한국은 미국의 교역 국가 순위에서 7번째로 큰 나라다. 하지만 한국이 미국의 10대 교역 국가에 속한다는 사실을 모른다는 답변이 71퍼센트였다. 조사 대상 미국인의 4분의 1은 '한국이 미국의 20대 교역 국가에도 속하지 않는다'라고 했다. 한국에 실제로는 개신교 신자가 가장 많지만 '한국은 불교 신자가 가장 많다'라는 응답도 50퍼센트였다.

여론조사를 근거로 시카고 국제문제협의회의 보고서는 이런 우려를 표시했다. "미국인들이 한국을 잘 알지 못하는 현상은 한미동맹의 잠재적 취약성이 될 수 있다."

그동안 삼성전자, 현대자동차, LG전자를 비롯한 여러 기업의 활약으로 한국에 대한 인지도는 많이 상승한 것이 사실이다. 그렇지만 한국은 여전히 미지의 나라다. 세계 경제 10위권의 국가 위상에 비해 아직도 많이 알려졌다고 할 수 없다. 이런 현상이 비단 미국에만 국한된 것은 아닐 것이다. 전 세계에 한국을 알리는 전략을 만들어 시행하지 않으면 우리의 성장에 한계가 있을 수밖에 없다. 대한민국이라는 브랜드를 알리는 데 힘을 합치기를 기대해본다.

제2의 김창준을 기다리며

2009년 개원한 111회 미 연방 의회에서 베트남 난민 출신의 안 조지프 카오(공화당) 변호사가 최초의 베트남계 연방 하원의원으로 등장했다.

156센티미터의 키에 작은 체구를 가진 그가 4살짜리 작은 딸을 안은 채 의원 선서를 하는 모습이 인상 깊게 남아 있다.

카오 의원은 루이지애나 주 뉴올리언스 시에서 9선의 민주당 소속 흑인 거물 윌리엄 제퍼슨을 꺾었다. 지역구 주민의 66퍼센트가 흑인인 지역에서 당의 지원을 전혀 받지 못한 이 정치 신인의 승리는 2008년 미국 총선의 최대 이변으로 꼽혔다.

베트남계의 미 연방 하원 진출은 1999년 이후 10년째 한국계 연방 의원을 한 명도 배출하지 못하고 있는 재미 교포 사회는 물론이고 한국 사회도 주목해야 할 부분이다.

1993년부터 6년간 3선을 기록한 김창준 씨가 연방 하원의원직에서 물러난 후, 총선에 출마하는 한국계조차 찾아보기 어려운 것이 현실이다. 재미 교포 사회는 150만 명가량으로 추정되는 베트남계보다 더 크고 경제적 여유가 있는 것으로 평가되지만 김 전 의원에 필적할 만한 인물을 키워내지 못하고 있다.

카오 변호사가 연방 하원이 되는 데 개인의 의지 외에 베트남계 미국인들의 전략과 단합된 지지가 큰 역할을 했다고 미국 언론은 평가하고 있다.

그가 당선된 뉴올리언스는 2005년 허리케인 카트리나 사태로 극심한 혼란을 겪었다. 당시 뉴올리언스의 인구는 카트리나의 피해로 46만 명의 인구가 한때는 19만 명으로까지 감소할 정도로 황폐화됐다. 그만큼 시 전체가 혼란으로 시달릴 때다. 하지만 이 지역의 1만 5000명에 이르는 베트남계 미국인들은 이를 기회로 삼았다. 시 재건 사업에 누구보다 적극적으로 나서면서 자신들의 대표를 의회로 보내기 위해 단합했다. 루이지애나 주의 최초의 흑인 연방 하원의원인 제퍼슨이 부패 혐의로 검찰의 수사를 받고 있는 상황도 적절히 활용하며 변화를 만들어내자고 호소했다.

그 결과 베트남계 미국인들은 의회에 자신들의 이익을 옹호해줄 수 있는 파이프를 확보했다. 카오는 당선 직후, CNN 방송과의 인터뷰에서 "오늘로 베트남계 미국인들의 새로운 날이 시작됐다"라며 자신을 지지해준 베트남계를 위해 헌신할 것을 다짐했다.

소수민족의 미 연방 의회 진출은 자칫 주류에 밀려 외면당하기 쉬운 목소리를 대변한다는 점에서 큰 의미가 있다. 그뿐 아니라 백인 중심의 정계에 다양한 시각을 전해줄 수 있기에 미국 사회의 성장에 도움을 줄 수가 있다.

미국 최초의 흑인 대통령인 버락 오바마의 등장으로, 소수민족의 정계 진출에 대한 미국 사회의 인식이 바뀌고 있는 것은 재미교포 사회로서는 큰 기회다.

민주당은 우리에겐 일본군 성노예(종군 위안부) 결의안으로 잘 알려진 마이클 혼다 하원의원이 아시아 · 태평양 의원 모임을 맡아 소수민족의 정계 진출을 적극적으로 돕고 있다. 그동안 백인 일색이었던 공화당에서도 인도계인 바비 진달 루이지애나 주지사를 차기 대통령 후보로 내세워야 한다는 주장이 나올 정도로 상황이 달라지고 있다. '제2의 김창준'을 배출할 수 있는 기회를 흘려보내지 않기를 바란다.

미 젊은 층과 6·25 전쟁 이어주는 한나 김

한국과 미국은 국기를 조기 게양하는 방법이 다르다는 것을 미국에서 6·25 전쟁 휴전 56주년을 맞아 처음 알았다. 버락 오바마 미 대통령의 '한국전 참전 용사 휴전일' 포고문에 의해 백악관을 비롯한 주요 건물에 게양된 성조기는 깃대의 중간쯤에 위치해 있었다.

한국은 현충일에 깃봉에서부터 깃폭 만큼만 내려 조기를 게양하도록 돼 있다. 미국은 영어 단어 'half-mast(반기)'의 뜻을 그대로 적용한 덕분에 멀리서도 눈에 확연히 들어왔다.

특히 백악관 맞은편의 '워싱턴 기념탑'을 둘러싼 대형 성조기 수십 개가 일제히 깃대의 중간에서 펄럭이는 모습은 엄숙했다. 성조기가 이례적으로 조기로 휘날리는 모습에 이를 배경으로 사진을 찍는 관광객들도 눈에 띄었다. 서울행 직항기가 다니는 덜레스 공항에 다녀온 주미 한국 대사관 관계자는 공항 입구에 성조기가 반기로 게양돼 있는 것을 보고 가슴이 뭉클했다고 말했다.

이런 일을 가능케 하도록 백악관과 미 의회의 문을 두드린 이는 재미 교포 한나 김과 그가 시작한 모임 '리멤버 7·27'이다. 6·25

전쟁 참전 용사 출신의 찰스 랭겔 연방 하원 세입위원장이 의회 리셉션에서 "한나 김이 아니었더라면 이번 일은 성공하지 못했을 것"이라고 말했을 정도로 역할이 컸다. 미 하원에서 낸시 펠로시 의장 다음가는 영향력을 지닌 랭겔 위원장은 그의 정성에 감동해 '한국전 참전 용사 인정 법안'을 발의했었다.

한나 김의 '7·27 프로젝트' 성공은 앞으로 백악관과 미 의회를 움직이고 싶어 하는 이들에게 몇 가지 교훈을 준다. 한나 김은 백악관과 미 의회에서 거부할 수 없는 대의명분을 갖고 접근했다. 미국은 참전 용사들이 흘린 피의 중요성을 어느 나라보다 소중하게 여기는 나라다. 6·25 전쟁 종군 기자였던 데이비드 할버스탐이 출간한 719쪽 분량의 『가장 추운 겨울』이 주목받은 것도 이런 분위기를 반영한다. 참전 용사들의 희생을 기리고 예우하는 것에 대해서는 누구도 삐딱하게 나오지 않는다.

한나 김은 노무현 전 정부의 좌편향 정책 때문에 겪은 어려움을 재현하지 않기 위해 양국이 동맹 강화 정책을 추진 중인 흐름을

잘 파악했다. 한미 정상회담에서 양국 관계를 더 승격시키기 위한 '미래 비전'이 발표되면서 후속 조치를 추진 중인 것이 긍정적인 영향을 미쳤다. 오바마 행정부로서는 유엔 안보리의 대북 결의 1874호를 적극 이행 중인 상황에서 한미 동맹의 튼튼함을 강조해야 할 필요성도 있었다.

그의 목소리에는 결의가 담겨 있었다. '7·27 프로젝트'의 첫 관문으로 하원에서 결의안이 통과된 후 기자와 마주 앉은 한나 김은 단호했다. "이번 일이 성사되기 전에는 다른 일은 손도 대지 않을 겁니다. 두고 보세요. 반드시 해낼 겁니다." 그런 의지를 바탕으로 동료들과 435명의 하원의원을 모두 방문하고, 백악관 관계자들을 접촉하고, 끊임없이 이메일과 팩스를 보내 협조를 요청했다.

그 덕분에 27일 조기 게양된 성조기가 미 전역에서 휘날린 것은 물론이고 워싱턴의 한국전쟁 기념관에서 열린 기념식에는 이례적으로 에릭 신세키 미 보훈장관도 참석했다. 6·25 전쟁은 종전된 것이 아니라 정전 중임을 상기시키며 자유의 소중함을 일깨운 한나 김과 '리멤버 7·27' 회원들에게 박수를 보낸다.

위안부 할머니와 합창한 미 하원의원

2007년 7월 30일은 한국 외교사에 특별히 기록될 만한 날이었다. 미 하원은 이날 만장일치로 일본계 마이클 혼다 의원이 발의한 일본군 성노예(종군 위안부) 결의안을 통과시켰다. 미국이 일본 정부에 제2차 세계대전 당시 일본군 성노예의 존재를 인정하고 공식 사과할 것을 요구한 것이다. 미 의회에서 한국이 일본과 외교전을 벌여서 승리한 경우는 몹시 드문데, 성노예 결의안 채택 과정에서 일본의 강력한 로비를 물리친 것이다. 결의안이 통과된 날 한인 사회는 축제 분위기였다. 워싱턴의 남쪽에 자리한 버지니아 주 아난데일의 한 식당에서 축하 모임을 연다기에 후속 취재차 이곳을 방문했다. 이곳에서 뜻밖의 축하 손님 때문에 생각지도 않던 특종을 잡았다.

이 모임에 에니 팔레오마베가 미 하원 동아태 환경소위 위원장이 나타났다. 팔레오마베가 위원장은 미 하원에서 결의안이 통과되도록 막후에서 적지 않은 영향력을 발휘했지만, 이날 모임에 참석한 것은 예상 밖이었다. 그는 일본군 위안부 피해자인 이용수(79) 할머니 바로 옆에 앉아 결의안 통과를 위해 한국과 미국을 오가며 동분서주한 이 할머니를 격려했다. 팔레오마베가 의원은 "이제 시작이다. 미국뿐만 아니라 중국·한국·필리핀 의회가 나서서 일본 정부가 사과할 때까지 성노예 문제를 제기해야 한다"라고 말했다. 또 "일본군이 제2차 세계대전 당시 무슨 일을 했는지 분명히 알게 해야 한다"는 말도 했다. 만찬장에 노래방 기계가 있는 것을 발견한 팔레오마베가 위원장은 '렛 잇 비 미(Let it be me)'를 선곡한 후, 이 할머니의 손목을 꼭 잡고 노래를 불렀다. '영원히 함께하고 싶다'는 내용의 노래 가사를 통해 앞으로도 계속 일본군 성노예 문제에 대해 적극 대응하겠다는 다짐을 하는 것처럼 보였다.

이 할머니는 팔레오마베가 위원장에게 꽃다발을 주며 고맙다는 뜻을 전했다. 이에 앞서 이 할머니는 결의안이 통과된 후, 미 의회 앞에서 열린 기자회견에서 "일본은 내 앞에 무릎을 꿇고 법적 배상을 하라"라고 절규했다. 이 할머니는 미국의 정치인과 재미 교포들에게 감사의 뜻을 표한 후, "내 인생은 고통으로 가득했지만, 결의안 채택으로 진실과 정의가 승리한다는 증거를 보여줬다"라고 말했다. 또 "이번 결의안 채택은 일본군의 위안부 강제 동원 문제를 해결하려는 미국 및 국제사회의 양심의 승리"라고 의미를 부여했다. 이 할머니는 2007년 초 미 하원 청문회에서 15세의 나이로 일본군에 끌려가 겪은 고초를 증언해 미국의 주목을 받았다.

독도와 일본군 성노예

2007년 미 하원의 일본군 성노예 결의안 통과 과정에서 미국의 정치권에 신경세포처럼 뻗어 있는 일본의 로비는 힘을 발휘하지 못했다. 일본의 가토 료조 주미 일본 대사가 낸시 펠로시 하원의장 등에게 "결의안이 채택되면 일미 관계가 악화될 것"이라는 내용의 서한도 보냈지만 효과가 없었다. 워싱턴에선 '미국에서 펼쳐진 한국과 일본의 대결에서 한국의 입장이 사실상 100퍼센트 반영된 유일한 사례'라는 평가가 나왔다.

그로부터 1년 후 한국 외교는 미국에서 일본에 참담한 케이오패를 당했다. 미 지명위원회(BGN)가 독도 표기를 '주권 미지정 지역(Undesignated Sovereignty)'으로 변경한 것이 뒤늦게 확인되면서 이태식 주미 대사는 자신의 목을 반쯤 내놓았다. BGN은 일본, 중국, 대만 사이에 다툼이 있는 댜오위다오(일본명 센카쿠 열도)의 표기에 대해선 철저히 일본의 입장을 반영했다. 다행히 이 사안의 심각성을 눈치챈 미국이 현상 유지를 선언하면서 논란이 잠복한 상태다

미국 땅에서 독도의 영유권이 훼손당하는 사태를 해결하기 위해서는 2007년 일본군 성노예 결의안 성공에서 그 해법을 찾아야 한다. 이례적으로 좋은 성과를 낸 이 사례는 성격은 달라도 몇 가지 참고할 만한 교훈이 있다.

가장 중요한 것은 우리 정부가 감정을 드러내지 않고 전략적으로 움직였다는 것이다. 이 사안은 당시 외교통상부와 주미 대사관의 제일 큰 외교 사안 중의 하나였지만 전면에 모습을 드러내지 않았다. 우리 외교관들의 활동은 베일에 가려진 채 '정중동의 외교'가 펼쳐졌다. 취재한 내용을 모두 밝힐 수는 없지만 우리의 외교는 집요하고 구체적인 실행 계획을 갖고 있었다.

민간에서는 재미 교포들이 각 지역별로 대책위원회를 만들어 적극적으로 움직였다. 캘리포니아, 뉴욕, 버지니아, 메릴랜드 등 한인들이 많이 거주하는 지역의 의원들에겐 성노예 결의안에 찬성할 것을 촉구하는 편지와 팩스가 쇄도했다. 한인 단체의 주요 인사들은 펠로시 하원의장을 비롯해 톰 랜토스 하원 외교위원장과 주요 인사들을 적극적으로 공략했다. "결의안의 통과는 미국이 한일 간 분쟁에 개입하는 것이 아니라 동아시아의 인권과 평화에 기여하는 것"이라고 설득했다. 미국의 주요 신문이 이에 대한 사설을

게재한 것은 결코 우연이 아니었다.

미 하원에서 일본군 성노예 결의안이 통과한 데에는 정부와 민간이 구체적인 전략과 역할 분담으로 시너지 효과를 낸 것이 크게 기여했다. 비록 미국이 문제의 원인을 제공했다고 해도 우리 정부와 민간이 아무런 전략 없이 중구난방으로 목소리만 높일 경우 역효과를 가져올 수 있다. 특히 일본은 물론이고 미국과도 갈등을 겪는 최악의 상황을 가져올 수 있음을 염두에 둬야 한다. 정부는 단호하지만 냉정하게, 민간은 반미를 넘어서지 않는 선에서 한국인의 결집된 의지를 보여줘야 한다는 교훈을 배워야 한다.

위안부 결의안 주도한 혼다 의원을 만나다!

미 하원이 채택한, 제2차 세계대전 당시 일본군 '위안부'(성노예) 운영 실태에 대한 일본 정부의 공식 사과를 요구한 결의안을 애초 발의했던 마이클 혼다 의원은 당시 모든 특파원들이 인터뷰를 하려고 한 정치인이었다. 일본계이면서 일본 규탄 결의안을 추진한 그는 충분한 뉴스 가치가 있었다. 당장 당시 편집국장으로부터 "무슨 수를 써서라도 하루속히 인터뷰를 하라"는 지시를 받은 상태였다. 하지만 당시 혼다 의원 사무실은 인터뷰 요청을 받고도 묵묵부답이었다. 도저히 정석으로는 인터뷰가 되지 않는다고 판단해 다른 길을 찾았다.

마침 한국에서 혼다 의원을 만나기 위해 국회의원들이 워싱턴을 방문했다. 이들의 방문 시간을 알아낸 후, 미 의회 의사당 롱워스 빌딩 내 그의 사무실 앞에서 기다렸다. 국회의원들과 인사를 한 후, 이들이 혼다 의원이 있는 방으로 들어갈 때 자연스럽게 뒤따라 들어갔다. 당시 워싱턴 주재 총영사가 나를 못 본 척해준 것이 고마웠다. 우리 국회의원들과 혼다 의원 간의 발언을 유심히 들었다. 그리고 의원들이 환담을 마치고 일어설 때 혼다 의원에게 정체를 밝힌 후 인터뷰를 정식으로 요청했다. 나를 한참 쳐다보던 그가 "내가 시간이 없어서 밀린 서류를 결재하면서 인터뷰할 수밖에 없는데 괜찮겠느냐"라고 했다. 신문기자에게 그게 무슨 상관이 있으랴. 서둘러 준비해간 질문을 시작했다. 결의안 채택 이후 한국 언론과는 나와 처음 인터뷰를 가진 것이다.

그는 "북미 전역에서 한인들이 결의안 통과를 위해 펼친 노력은 평가가 불가능할 정도로 매우 가치 있는 것이었다"라고 말했다.

그는 일본의 역사 왜곡 문제로 한일 간 갈등이 지속되고 있는 것과 관련해 "한 국가가 역사적 사실을 바꾸려고 해서는 안 된다"라며 일본을 비판했다. 혼다 의원은 또 자신의 지역구에서 영주권 문제로 추방 위기에 처한 한국인 275명에 대해 한국 정부와 국민들의 관심을 요청하기도 했다.

—본인이 일본계 3세인데, 일본에 비판적인 결의안을 추진하는 데 어려움이 없었나.

"(단호한 어조로) 그런 문제 때문에 겪은 어려움은 없었다. 가족들이 동의하지는 않았다. 그러나 결의안 추진에 반대하지도 않았다."

—1937년 일본의 난징 대학살 사건에 대해서도 일본 정부의 공식 사과를 요구하는 결의안을 추진할 계획이 있나.

"난징 학살 문제를 다루려는 생각을 해왔다. (잠시 생각한 뒤) 지금 그 문제에 대해 말하는 것은 시기상조다."

— '성노예' 결의안 통과까지, 한인들의 지지가 얼마나 도움이 됐나.

"결의안 통과를 위해 한인 조직은 앨라배마, 시애틀, 로스앤젤레스, 토론토, 밴쿠버, 뉴욕, 플로리다 등 북미 전역에서 큰 노력을 했다. 한국인들의 노력은 평가가 불가능할 정도로 매우 가치 있는 것이었다."

—구체적으로 어떤 도움이 됐나.

"워싱턴의 한인들은 연방 하원의원들을 직접 방문하거나 전화를 해서 결의안 통과를 지지해달라고 요청했다. 한인 사회는 이 결의안이 얼마나 중요한지 연방 하원의원들이 확실히 이해하도록 하는 데 큰 역할을 했다."

—일본의 역사 왜곡으로 한일 간에 갈등이 계속되고 있는데.

"일본 제국주의의 잔혹 행위에 대해서는 아마도 많은 증거가 있을 것이다. 나는 한 국가가 역사적 사실을 바꾸려고 해서는 안 된다고 생각한다. 국가는 과거의 역사적 사실을 직시해야 한다. 그것은 미국도 마찬가지다. 민주주의 국가에서는 이런 역사적 사실을 있는 그대로 가르치고 전달하는 것이 중요하다."

—평소 정의와 평화의 문제를 많이 말해왔는데.

"진실을 찾고 추구하고 이에 대해서 말하는 것이 중요하다고 생각한다. 좋은 시민이 되기 위해서라도 역사적 사실로부터 배우는 것이 필요하다. 평화는 분쟁이 없는 상태가 아니라, 어떻게 그 분쟁을 다루느냐의 문제다. 전쟁은 매우 낡은 개념인데, 그것으로부터 멀어져야 한다."

—한국에서 혼다 의원에게 관심이 많은데 조만간 한국을 방문할 계획은.

"올해는 어렵겠지만 가족과 함께 가까운 장래에 한국을 방문할 계획이다. 나는 남북한의 화해에 관심을 갖고 있다. 통일을 위한 절차가 잘 진행되기를 바란다."

—지역구의 한인 275명 추방 위기에 대해 구체적으로 말해달라.

"캘리포니아 지역의 한인들이 영주권을 받기 위해 이민 브로커에게 돈을 주었는데, 브로커들이 연방이민국(INS) 관리를 매수한 것으로 드러났다. 이후 이 한인들이 추방 위기에 몰려 있다. 나는 이들을 구제하려고 결의안 1397호를 제출했다."

—어떤 조치가 취해지기를 바라나.

"한국 정부가 적극적으로 나서서 이들에 대해 미 연방 당국이 시정 조치를 내리도록 요청하기를 희망한다. 또 관심 있는 한국인들이 미 당국에 이들에 대한 선처를 호소하는 편지를 쓰면 도움이 될 수 있을 것이다."

KI신서 3808

세계를 알려면 워싱턴을 읽어라

1판 1쇄 인쇄 2012년 3월 6일
1판 1쇄 발행 2012년 3월 13일

지은이 이하원 펴낸이 김영곤 펴낸곳 (주)북이십일 21세기북스
부사장 임병주 편집팀장 정지은 책임편집 임후성
마케팅영업본부장 최창규 마케팅 김현섭 김현유 강서영 영업 이경희 정병철
출판등록 2000년 5월 6일 제10-1965호
주소 (우413-756) 경기도 파주시 교하읍 문발리 파주출판단지 518-3
대표전화 031-955-2100 팩스 031-955-2151
이메일 book21@book21.co.kr 홈페이지 www.book21.com
21세기북스 트위터 @21cbook 블로그 b.book21.com

값 13,500원
ISBN 978-89-509-3564-1   03800